ひかり5才誕生日会　鹿島家にて

アネモネと嘘

ITSUKA AMASE
天瀬いつか

CHOCOLAT BUNKO

ILLUSTRATION ビリー・バリバリー

CONTENTS

1.

「……えっと、ノラかな」

薄暗い路地で雨に打たれながら、鹿島《かしま》は思わずそう口にしていた。

会社からの帰宅途中、路地から物音が聞こえてきた。猫や犬が行き倒れて雨に打たれているのなら拾って帰ろうと思い、路地に進んだのだ。しかしそこには半分は予想通り、もう半分は予想外の光景が広がっていた。

路地で行き倒れているのは猫でも犬でもなく、人間の男だった。鹿島が立っている場所からは、倒れているのが体格のいい金髪の男ということしか分からない。困ったことになったな。言葉にはせず、心の中だけで呟《つぶや》き、救いを求めて辺りを見回してみたが、成人男性一人がようやく通れるような狭い路地に鹿島以外の人間がいるはずもない。

しばらく様子を見てみたが、男は動く様子もない。酔っ払いが寝ているだけだろうと踵《きびす》を返そうとしたとき、雨の匂いの中に血の匂いが混ざっていることに気が付いた。状況を把握《はあく》するため更に歩を進めると金髪の男の服が泥に塗《まみ》れているのが見えた。どうして先程まで気付かなかったのかと思うほど濃い血の匂いが辺りに充満している。

死んでいるのかと思ったが、よく観察すると上半身が呼吸する度に動いている。生きていると分かってほっと胸を撫で下ろした。

怪我《けが》をしているなら救急車を呼ぶべきだ。鹿島がスマートフォンを取り出すと「あんだよ、テメェ」という低い声が耳に届く。鹿島の存在に気付いた金髪の男がナイフのような鋭い視線をこちらに向けている。

男は濡れたアスファルトから身体《からだ》を起こしたが、体勢を保つことが難しかったらしく、側にあったゴミ箱に身体を預けようとしてそのまま倒れ込んだ。すぐにでも手を貸したかったのだが、男は痛みに声を上げながらも鹿島を睨《にら》み付けるのを止めなかったため、動くことができなかった。己《おのれ》を奮《ふる》い立たせた鹿島が近付く素振りを見せると、すぐにゴミ箱の蓋《ふた》が飛んでくる。

体中痛むだろうに、弱っている姿を見せまいとする姿はさながら傷を負《お》った獣《けもの》のようだ。鹿島が一歩踏み出すと、男はくるなと声を上げたが、その声にはもう先ほどのような力は残っていない。じっとしていても傷が痛むのか、肩で大きく息をしている。体力はほとんど残っていないのだろう。

「大丈夫、俺は君の敵じゃない。これ以上君を傷付けたりなんてしない」

信じて欲しいと付け加えたが男は少しも警戒を緩めない。アスファルトに爪を立てているのが痛々しく、これ以上彼に近付くのはやめた方がいいのかもしれないとさえ思った。

「分かった。俺は君に触らない。その代わりに救急車を呼んでもいいか」

彼を助ける方法はそれしかないと思って提案してみたのだが、男は呼んだらぶっ殺すと何とも物騒《ぶっそう》な言葉を返す。

「救急車が駄目なら君の家族を呼ぼう。連絡先を教えてくれないか」

再度提案を持ちかけるが、男は歯を食い縛り、痛みに耐えるように顔を歪《ゆが》めながら「家族なんかいねぇよ」と吐き捨てた。すぐに言葉を返せなかったのは彼の言葉に少なからず衝撃《しょうげき》を覚えたからだ。しかしそれを悟らせてはいけない。これ以上不信感を抱かせてしまうと彼を助けることがますます難しくなる。

「分かった。じゃあ俺に君の傷の手当てをさせて欲しい」

目線を合わせるために屈んだ鹿島は心を込めて丁寧に言葉を紡《つむ》いだ。大丈夫だからと何度も繰り返しながら一歩ずつ、しかし確実に距離を詰めていく。

野生の狼のようなこの男に取《と》り繕《つくろ》ったような言葉は通用しない。同情でもダメだ。本当に心からの言葉でない限り、この男は受け入れてくれないだろう。それはあくまで直感だったが、それほど的外れではなかったようだ。

鹿島は男の返事を待ったが、男はとうとう最後まで何も言わなかった。その代わり、思わず怯《ひる》んでしまうような鋭い眼が静かに閉じていく。完全に目を閉じたと同時に男は意識を手放した。

鹿島の言葉に安心して気を失ったというよりは、意識を保《たも》つことすらできないほどの深《ふか》

手《で》を負っていると考えるのが妥当だ。鹿島は倒れた男の腕を取り、彼を家に連れて帰るためにその身体を抱えた。

二十代の半《なか》ばから食事には気を付けていたし、社会人になってからも週に二回はスポーツジムへ通って身体を鍛《きた》えている。その甲斐《かい》あって三十代が見えてきた今も体格は学生の頃とほとんど変わっていない。女性にモテたいという欲求から体型を維持《いじ》しているのではなく、年の離れた妹から「おじさんにならないで」と言われ続けているので気を付けていただけだったが、そんな経緯で鹿島は自分の身体にはそれなりの自信があった。しかしその自信も今まさに揺らいでいた。抱えている男の身体の完璧さに揺らぐ。

腕や腹、背中にバランスのいい筋肉がついていて、腕も脚も標準より長い。この男の隣では必死に維持してきた己の身体が惨《みじ》めに思える。ジムに通う日を増やそうかな。気を失った男の身体を支え、雨に打たれながら鹿島はそんなことを考えていた。

路地を何とか抜け出したが、雨脚《あまあし》は強くなる一方だった。両手が塞《ふさ》がっているため傘が差せない。男の身体を支えて家まで歩くには距離があるので、タクシーを捕《つか》まえようと鹿島は通りに出た。びしょ濡れの男二人を敬遠《けいえん》してか、タクシーは中々捕まらなかったが、赤信号のため停車したタクシーに乗り込むことができた。

商店街から徒歩十分の住宅街にある自宅の前でタクシーが止まると、運転手に一万円札を一枚差し出して釣りはいらないと伝える。後部座席のシートが汚れてしまったのでせめても詫《わ》びのつもりだった。運転手は困惑した表情のまま何も言わず、機械的な動作で後部座席のドアを開けた。シートに身体を預けたままぴくりとも動かない男を何とか抱えて車から降りる。鹿島と男を降ろすと運転手はすぐにドアを閉め、銀色の車体はあっという間に見えなくなった。

意識のない相手を抱えて歩く。それがどれだけ大変で体力を要するのかを初めて知った。運ぶ相手が子供や女性ならここまでの苦労はなかっただろう。しかし鹿島が運んでいるのは体躯《たいく》のしっかりした男だ。慎重に歩いているつもりが、少しの振動で男の身体が左右へ大きく揺れ、その度に両の脚に力を入れて揺れが収まるのを待つ。そんな風に歩いていたから、玄関から和室までの僅か数メートルの移動で全ての体力を使い切ってしまった。

ようやく和室に辿り着いて男を横たわらせたが、男の身体が濡れているだけでなく、泥や血で汚れていることが気になった。これをこのまま放置していいはずもない。休む間もなく、鹿島は男の身体を清《きよ》めるためにまた腰を上げた。

男の身体を清潔なタオルで拭《ぬぐ》いながら怪我の具合を見てみたが、血溜《ちだ》まりに倒れていたにもかかわらず切り傷はほとんど見られなかった。その代わり打撲痕《だぼくこん》が多く、右足首は捻《ねん》挫《ざ》でもしたのか腫《は》れ上がっている。

救急車は呼ばないと言ったものの、やはり病院に連れていくべきだったかもしれない。目を覚ます様子もない男を前に今更そう思う。頭部を強く打っているのならば、一刻を争う状態の可能性もあった。

　鹿島は住宅街の一角にあるクリニックに昔から世話になっている。循環器《じゅんかんき》、内科専門の看板を掲《かか》げてはいるが、学校のクラブ活動で足を骨折したときや妹の身体に広範囲の発疹《ほっしん》が出たときも小さなそのクリニックで診《み》て貰《もら》っていた。数年前に建て替えをしているので建物自体は新しいが、母が言うには祖父の代から同じ場所で医療を営んでいるという。

　クリニックの電話番号はスマートフォンに登録していた。既《すで》に診療が終了している時刻だったが鹿島は迷わず電話をかけた。五回のコールで誰も出なかったら総合病院に連れて行こうと決めて呼び出し音を数える。

「はい。橋本クリニックです」

　四度目のコールで看護師と思われる女性の声が聞こえた。

「夜分に連絡して申し訳ありません」

　詫びを入れた後に路地で倒れている男性を発見したこと、家に連れて帰ったが思ったよりも怪我が酷かったことなどを鹿島が伝えると、看護師は院長へと電話を代わった。

「気絶したきり目が覚めないということですね。承知いたしました。今から往診に伺《うかが》いますので住所と連絡先を教えてください」

　営業時間外だと断られる可能性が高いと思っていた。院長の言葉に驚きつつもほっとしていると、住所を書き留めた相手は「十分で伺います」と言って通話を切った。

男が着ていた服はとても着せておける状態ではないので洗濯するとして、裸で転がすわけにもいかない。自分の服を着せようにもほとんどの服はまだ段ボールに仕舞《しま》い込んだままだった。どうしようか少し迷った鹿島は父の甚平《じんべい》があったことを思い出した。父は和服を好んでいる訳ではないが、夏は甚平が一番涼しいと言ってよく身に付けている。

リビングを挟んで和室と反対側にあるのが両親の寝室だ。入り口の右手にある桐箪笥《きりだんす》は母の嫁入り道具だと聞いていた。その箪笥の三段目に眠っていた甚平を手に和室に戻る。和室に敷《し》かれた敷布団《しきぶとん》の上で男は静かに眠っていた。自分が良く知る家に名前も知らない男が寝ている様子は現実味がなく、夢を見ているようだ。けれどこれが夢なら初対面の男に下着を穿《は》かせるなんて部分は省略してくれてもいいのに、なんてことを恨めしく思う。

鹿島がくしゃみをしたと同時にインターホンが鳴った。玄関に急ぎ、駆け付けてくれた院長と看護師に頭を下げたあと鹿島は男の寝ている和室へと案内した。

医者は傷だらけの男を丁寧に診察した上で、問題はないでしょうと結論を出した。

「頭部を強打《きょうだ》した形跡はありません。出血も腫れもないので大丈夫でしょう。頭部が無事だったのは腕で庇《かば》ったからでしょうね。特に腕の傷が酷いです。左手首と右足首は捻挫していています。あとは打撲痕が広範囲に見られるので腹部外傷や内部裂傷《れっしょう》等も心配でしたがこちらも問題はありませんでした。傷が癒《い》えるまで安静にする必要はありますが、命に別条はありません」

医者はその言葉にほっと胸を撫で下ろしている鹿島をじっと見つめ、「早くお着替え下さい。濡れたままでは風邪をひきますよ」と指摘する。男のことばかり考えていたので自分が雨に濡れていたことをすっかり忘れていた。鹿島は顔に熱が上るのを隠すように俯《うつむ》いたまま、着替えてきますと言って腰を上げた。

廊下に出ると玄関から和室までの床には水滴が幾つも落ち、泥で汚れていた。それに気付かず医者を通してしまったということは、冷静でいたつもりがそれなりに動転していたのだろう。

着替えと床の拭《ふ》き掃除が終わる頃には男の処置も終わったようだった。男の右足首と左手首はサポーターで固定され、切り傷や擦り傷にはガーゼや包帯が巻かれている。薄汚れた野良犬のようだった男はすっかり怪我人の風情《ふぜい》になっていた。ようやく大きな犬ではなく人間を拾ったのだと認識できた。

医者と看護師を見送る際、治療費の支払いについて尋《たず》ねると看護師が「明日以降、来院して頂いた際に受付の者に声を掛けてください」と答えた。明日の午後に伺うと返し、タクシーに乗り込んだ二人を門の前で見送る。

雨はまだ降り続いていて、玄関先の緑たちは雨にはしゃいでいるようだ。緑の葉が雨に揺れているのでそんな風に感じたのかもしれない。母が大切に育てている紫陽花《あじさい》が薄い水色と紫色の花弁《かべん》を広げている。足を止めてキャンディのような花の色を見つめたあと、鹿島はひとり家の中へと戻った。

❖

目が覚めたとき、まず目に入ってきたのは天井だったが、それはいつも見ているものとは違っていた。しばらくそれを眺め、ふと横を見ると少し離れた場所で見知らぬ男が眠っていた。金色の髪がカーテンの隙間から漏れる光を浴びて眩《まぶ》しく見えた。少しずつ昨日の出来事が蘇《よみがえ》る。全てを思い出してから上体を起こすと、タイミング良く目覚まし時計が鳴った。

男が目を覚ましたときにすぐ説明ができるようにと、昨夜鹿島は男の隣に布団を敷いて寝ることにしたのだが、男は朝になった今も未だ眠り続けている。

「……会社休むしかないなぁ」

大きく伸びをして首を鳴らしたあと鹿島は男の寝顔を見つめたままぽつりとそう零した。

喉の渇きを潤すために和室をからキッチンへ移動し、冷蔵庫からペットボトルを取り出す。窓の外は順調に朝を迎えていて、窓から光が差し込んでいた。雨は夜の間に止んだようで雲間から青が覗《のぞ》いている。湿度は相変わらず高いが、それは梅雨《つゆ》だから仕方がない。

朝食はいつもと同じく納豆《なっとう》と白米、インスタントの味噌汁《みそしる》で簡単に済ませ、コーヒーを淹れたマグカップを片手に和室へと足を運んだ。男の枕元に腰を下ろし、コーヒーを啜《すす》りながら寝顔をまじまじと見つめる。眉間《みけん》の皺《しわ》が消え、瞼《まぶた》を閉じている今はどことなく幼《おさな》く見えた。もしかしたら未成年ということもありえるのではないか。ふと湧いた疑念《ぎねん》にぎくりとする。成人男性を介抱するのと未成年の少年を保護するのでは意味合いがまるで違う。最悪の場合、警察沙汰《けいさつざた》になる可能性もあるのだ。

とはいえ、怪我している彼を放り出すこともできない。警察に保護を依頼するにしても彼の名前くらいは知る必要がある。ぐるぐると考え込んでいると、彼のズボンのポケットに財布が入っていたことを思い出してリビングへ移動した。リビングテーブルの上に無造《むぞう》作《さ》に置かれた財布を前にすると己の中の良心が「本人の許可なしに持ち物を調べるのは良くない」と声を上げたが、全ての事柄において初動が何よりも大切だということを社会人七年目の鹿島は良く知っていた。

心の中で謝罪してから黒革の財布を開き、彼の身分証になりそうなものを探す。ポイントカード類に紛《まぎ》れるようにして免許証が入っていたのですぐにそれを手に取った。生年月日の欄《らん》を確認し、現時点で男が成人していることを確かめる。

男の名前は犬童健也《けんどうけんや》。年齢は今年でちょうど二十歳。免許証の写真は一年以上前に撮ったのだろう。顔つきが今よりずっと幼く、男性というよりは少年といった印象だった。今よりもっと白に近い色の髪をした子供が、世界の全てを憎んでいるような眼つきでこちらを睨んでいる。

　生粋《きっすい》のヤンキーとでも言えばいいのだろうか。すれ違うときは視線を合わせないよう細心の注意を払うような人種だ。だからこそ興味がそそられる。財布の中にあったレシートが目につき、ヤンキーが何を買ったのか知りたくなってしまった。

　レシートを並べて確認するとどれもコンビニのものだった。強面《こわもて》の顔に似合わずプリンが好物《こうぶつ》らしく、どのレシートにもプリンの文字が印字されている。男のギャップが微笑《ほほえ》ましく思え、思わず口元が緩んだ。しかしこれ以上調べるのはさすがに失礼だ。鹿島はすぐに免許証とレシートを元の位置へ戻した。

　まだ意識が戻らない男を残して仕事には出られない。そう判断した鹿島は始業時間の三十分前に直属の上司であるマネージャーの電話番号をディスプレイに表示させ、通話ボタンをタップした。

「当日の連絡になって申し訳ありません。本日一日休暇《きゅうか》を頂きたいのですが」

　そう申し出るとマネージャーは「体調は大丈夫か？　疲れが出たんだろう」と鹿島の説明を遮った。

「疾病《しっぺい》休暇として申請《しんせい》できるから、大事をとって明日まで休むといい。業務はこちらで割り振っておくから問題はないよ」

　マネージャーの提案に戸惑いつつも、鹿島は頭を下げながら「ありがとうございます」と返した。通話を切ったスマートフォンをテーブルに置き、壁に掛けられたカレンダーに視線を向ける。今日は木曜日だ。今日と明日休むのであれば、土日を合わせて四連休になる。突然降って湧いたような休暇に戸惑ったが、男の看病をするにはちょうどいい。片腕と片足が使えない彼はしばらく誰かの手を借りる必要があるだろうし、今のところ手を貸せるのは自分しかいない。少なくとも誰かが彼を引き取りにくるまでは。

鹿島が考えごとをしていると、いつの間にか雨が降っていた。先ほどまで見えていた青も再び灰色の雲に隠れ、世界が暗くなった。しとしとと静かに降り続ける雨はまるでヴェールのようにこの家を包む。眠り続ける男の傍《かたわ》らに腰を下ろし、ゆっくり呼吸をしていると世界に二人きりになったような錯覚《さっかく》に陥《おちい》る。聞こえてくるのは思いのほか静かな男の寝息と自分の呼吸音だけだ。雨がそれ以外を遮断《しゃだん》している。

自分の心の中が静まり返っていることに鹿島は驚いた。ここ一年の間、仕事で大きなプロジェクトに関わっていたので、立ち止まる時間が全くと言っていいほどなかった。こんな風に雨音に耳を傾け、畳の香りを嗅《か》ぎ、瞼を閉じていると夢と現実の境目が分からなくなる。雨音までもが遠ざかり、身体の感覚すらも消えていくような気がした。

人が死ぬその瞬間にはこんな風に少しずつ感覚を切り離していくのだろうか。眠りに落ちる直前、鹿島はそんなことを考えていた。

どれほどの時間が過ぎたのだろう。不意に聞き覚えのない声が随分と近くから聞こえた。瞼をゆっくり開くと、すぐ側に睨み付ける両目があって思わず悲鳴を上げそうになる。

「目が覚めたのか、よかったよ」

何とか取り繕ってみたが、それでも男の目は少しも和らがなかった。鋭い瞳が細められ、唸《うな》るような声で「アンタ、誰」と威嚇《いかく》される。予想していた通りの反応なので鹿島は笑ってしまいそうになったが、何とか押し殺した。

「俺は鹿島聡《さとし》。昨日商店街の裏で君が倒れているところに出くわしたんだけど覚えていないか？」

「……知らねぇ」

男はまだ警戒を解こうとはしないが、自分の置かれた状況を少しは理解できたようで、睨み付けるのは止めてくれた。やはり捻挫している箇所は痛いらしく、先ほどから右足首や左手首ばかり見ている。

「さっき財布の中身だけ確認させてもらったよ。君は犬童健也くんだろう？」

財布を差し出すと彼は瞳孔《どうこう》を収縮させ、それからまた小さく唸る。まるで獣を相手にしているみたいで背中に緊張が走った。

「一番酷い怪我はその手足で、捻挫しているからなるべく動かさずに安静にした方がいい。

その他にも打撲痕や切傷は数えきれないくらいあるし、まさに満身創痍《まんしんそうい》だな。傷薬や痛み止めも処方して貰えるらしいからあとで受け取ってくるから」

鹿島の言葉を遮ったのは相変わらず鋭い瞳と「余計なお世話だ」というもっともな言葉だった。余計なことをしているのではないかというのは、彼を連れ帰ってからというものずっと心のどこかで考えていたことだ。だから思わず納得してしまった。

「まぁ、確かに余計なお世話かもしれないけど、そんな大怪我をしている君を俺は見過ごせなかったし、人の好意に甘えることも大事だと思うよ」

なるべく穏やかで、相手の怒りを刺激しないような言葉を選んだつもりだったが、彼は「ウルセー」とだけ返し、布団を頭まで持ち上げて顔を隠してしまった。子供のような態度に唖然《あぜん》とする。数年前、まだ小学生だった妹が母に叱《しか》られたとき、同じような態度を取っていたような気がする。

犬童は成人しているが、言動はそれよりも幼く思えたし、容姿だけ見れば実年齢よりも大人びている。これほどまでに全てがちぐはぐな人間に鹿島は初めて遭遇《そうぐう》した。精神年齢が幼く、自分自身の感情をコントロールできないのだろう。体格がいいこともあって感情のままに身体を動かしていれば負け知らずだったのかもしれない。しかしその方法では敵が増えるばかりで生きづらくなることは火を見るよりも明らかだった。現に傷だらけになって鹿島の家で身体を休めているのだから。

対話することさえ放棄《ほうき》し、布団に潜《もぐ》り込んだ犬童を見つめながら、鹿島は出会ったばかりの彼の未来に一抹の不安を覚えていた。

ビニール傘を片手にクリニックへ赴き、治療費を支払ったあと、処方してもらった塗り薬や痛み止めを薬局で受け取って家に向かう。留守にしていたのは一時間にも満たない時間だったが、犬童が家に残っている確率はかなり低いように思えた。家に戻っても、もぬけの殻《から》でもう誰もいないのかもしれない。物音ひとつしないような静かな家を思い出すと心の中がざわついた。体温が低くなったように感じるのは気のせいなのだろうか。それとも傘では守れなかった足元から心臓あたりまで冷えが上ってきたのだろうか。玄関の鍵を開けた鹿島は、不安を紛らわせるよう、一度深く息を吸い込んでからドアノブを握った。

和室の布団はぐしゃぐしゃになっていた。何をどうしたらここまで形を崩せるのだろうと感心するほどだ。その布団に寝ていたはずの犬童はというと、和室とリビングの間に転がっていた。移動したかったらしいが、身体が思うように動かずに力尽きてしまったようだ。

「……大丈夫じゃ、ないよな」

「うっせー！」

行き倒れているくせに強気な態度を見せる犬童だったが、沈黙のあとに「トイレに行きてぇんだけど」と鹿島をちらりと見上げる。睨まれているものの上目遣いだったので恐怖は感じず、彼の望み通りに手を差し出した。一度目は取って貰えなかったその手を犬童がしっかりと握りしめると、人に慣れていない野良猫が珍しく擦り寄ってきてくれたときと同じ感情が芽生《めば》えた。素直に嬉しい。

犬童はこちらの様子を窺《うかが》いつつ、要求があると素直に口にした。たとえば肉が食べたいとか、コーヒーよりコーラがいいとかいう簡単に叶えられる要求ばかりを並べ、それが通ると年頃の青年らしく満足そうに口元を緩める。そんな姿を見ていると彼に対する印象が変わった。

そうすると今までとは違うものが見えてきた。彼の顔はいわゆる塩顔と呼ばれる類《たぐい》なのだろうが、人の目を引きつける。鼻が高く、彼の眼が力強さを持っているからだ。日本人は金髪なんて似合わないと思っていたが、犬童を見てその考えは変わった。犬童ほど金色が似合う人を鹿島は知らない。

犬童が食べたいとリクエストしたのは肉だったので、鹿島は冷凍していた豚肉で生姜《しょうが》焼《や》きを作った。やはり冷凍していたごはんとインスタント味噌汁を用意している間に、生姜焼きの半分が犬童の胃に消えていた。

誰も取らないからゆっくり食べたらいい、と声を掛けたにもかかわらず、予想通り犬童はごはんを喉に詰まらせてむせた。大丈夫か、と尋ねても睨まれるだけだ。

「それは自分で染めたのか？」

食後に出たプリンが余程嬉しいのか機嫌が良くなった犬童に尋ねると、犬童は一度「あ？」と威嚇したあとに「前の女が美容師だった」と答えた。根元まできれいな金色なので別れて間もないことが分かる。危険な匂いを醸《かも》し出している犬童に惹《ひ》かれる女性は少なくないだろう。非日常に憧《あこが》れる人は多く、真面目《まじめ》に生きている人間ほどそういうタイプに弱いものだ。それが必ずしも悪いと断言はできないが、しなくてもいい苦労をしているのを傍《はた》から見ていると歯痒《はがゆ》くなる。鹿島が以前世話になった人がまさにそのタイプで、相談にのる以外に何もできなかった経験があるのだ。

デザートに出したプリンを食べ終えた犬童は機嫌がよかった。鹿島に怒鳴《どな》ることもなかったし、睨み付けてくる回数も減った。近付こうとすれば威嚇するのは変わらなかったが、それでももう物が飛んでくることはない。家族なんていないと吐き捨てた言葉の真意を問うのは彼の傷がもう少し良くなってからにしよう。少なくとも体中傷だらけで痛々しい様子の彼に精神的苦痛を与えかねない質問をするべきではないだろう。

出会ったのも何かの縁だ。縁があるのなら、それを大切にしたい。それは鹿島の口癖《くちぐせ》のひとつだ。すれ違うだけならともかく、こうして名前を覚え、言葉を交わす間柄になったのだから彼のために何かしてやりたい。今は何も聞かず、彼のためになることがあるのならそれをしよう。たとえば、彼に帰る場所がないのであればこのまま家に留まらせてもいいと鹿島は考えていた。

「犬童、もし行くところがないなら今日も泊まっていいから。今日だけじゃなく傷が治るまではうちにいればいいよ」

テレビを見ている犬童の横顔を眺めながらそう告げると、弾《はじ》かれたように鹿島へと視線を向けた。

「なんで」

それは単純な質問だ。犬童は眉間に皺を寄せて訝《いぶか》しんでいる。

「なんでって、そうしたいから？」

それ以外に返すことがなく、肩を竦《すく》めてみせると犬童はまた低く唸り、「俺を売る気だろう」と親の仇《かたき》を見るような目で鹿島を睨みつける。そうとしか考えられないと喚《わめ》く犬童を見ていると、今まで彼の周りにいただろう人種の想像がついた。裏表なく、真摯《しんし》に向き合ってくれるような人に彼はまだ出会ったことがないのかもしれない。

「もう裏切られるのはごめんだ」

あまりにも悲痛なその声が、鹿島には助けてと言っているように聞こえた。

「傷だらけで倒れているところを見ているからだろうなぁ」

目を逸らしたら負けだとでもいうように、犬童は鹿島を睨み続けている。その強い視線を受けながら、鹿島は視線を手元に落としてそう言った。

「君は俺より背が高いし、喧嘩《けんか》も強いだろうけど心配なんだよ。君に帰る場所があるのならそこまで送ろう。帰る場所がないのなら傷が癒えるまでここで休んでいけばいい。本心からそう思っているけどそれでも嘘に聞こえるか？」

まだ疑いを捨てられないらしい犬童は唇を横に結んだまま答えない。だから鹿島は彼を裏切る必要がないということをひとつひとつ彼に伝える。金に困っているわけでもないし、借金もないこと。犬童を誰かに引き渡そうにも、犬童を恨んでいる連中とは一度も関わったことがないこと。それらをつらつらと並べている途中で犬童が言葉を遮った。それから彼は視線を逸らし、もういいとだけ呟く。

夕食を済ませて洗い物をしていると「アンタの家族は」と短い言葉が飛んできた。

「遅くねぇっスか？」

時計の短針が九を少し過ぎたところを指している。

「ん、あぁ、俺の家族？　今、ちょっと遠いところに行っててね」

振り返らずにそう答えると、犬童は鹿島の言葉をそのままのみこんだようだった。

「ふーん、タンシンフニンとかいうやつ？」

「それより朝食のメニューは何がいい？」

明日も休みなので手が込んだものも作れると伝えると、犬童は迷うことなくフレンチトーストと答える。強面の顔に似合わない甘党を隠す素振りすら見せない犬童に思わず笑いそうになって、必死に表情をキープした。少し心を許したように見えるとはいえ笑ってしまったら拳《こぶし》が飛んでくる可能性だってあるのだ。それに今すぐ出て行くと言い出しかねない。それだけは絶対に避《さ》けたかった。

朝にフレンチトーストを作ると約束をしたあと、和室で並んで寝ようとすると犬童が「アンタ部屋ないんすか」と目を細めた。切れ長の目を細められるとやはり迫力がある。

「いや、あるにはあるんだけど、君がトイレに行きたくなったときに立てなかったら困るだろうと思って」

ソファから立ち上がるのは平気なようだが、一度床に座った体勢から立ち上がるのはかなり難しい様子だったのでそう答える。すると犬童はそれきり黙り込んで背を向けた。

「おやすみ」

その言葉に犬童からの返事はなく、鹿島は小さく肩を竦めて和室の電気を消した。


雨の降る朝は身体が少し重くなったように感じる。湿気を含んだ冷たい空気が身体に纏《まと》わりついているからだろうか。規則正しいような、そうでもないような雨音は寝入るには最適の音楽だが、起床しようとする身体と脳を寝かそうとするので厄介だ。

何度目かの寝返りを打っていると背中に突然衝撃が走った。あまりにも唐突だったため、驚いて息が止まりそうになった。というか、実際に少し止まった。何が起こったのか分からず、振り返るのも怖い。強盗でもいたらと思うと冷や汗が吹き出す。覚悟を決めるために何度か深呼吸して勢いよく振り返ると、そこには金髪の若い男がいて、長い脚がこちらに向かって伸びていた。男の顔を見て、先日この若い金髪の男を家に連れて帰ってきたことを思い出した。どうやら彼に蹴《け》られたらしい。

「トイレ行きてぇんすけど」

どうして鹿島が悪いみたいに言われなければならないのだろう。心地《ここち》よい眠りから蹴りで覚めた心境をつらつら耳元で語ってやろうかと思いもしたが、実践《じっせん》すると怪我が治ったあとに何をされるか分からない。怒らせるのが怖くて、鹿島は結局言葉をのみ込み、静かに立ち上がった。

犬童に手を差し出すと素直に手を重ねてくる。それが本来の彼の性質なのではないかというのが出会って二日目の鹿島の率直な感想だったが、立ち上がったらすぐに手を払われた。鹿島はお払い箱になった右手を眺めながらそれでも犬童の後に続き、彼がトイレから出てくるのを待っていた。

窓の外はまだ薄暗かったが、鳥の囀《さえず》りが夜ではなく朝だと告げている。もうしばらくすると嫌でも外は明るくなるだろう。もう一度眠るよりはこのまま起きていようか。どちらにしようかと悩んでいるとトイレから出てきた犬童が鹿島の顔を見るなりフレンチトーストと呟いたので、悩みは解決してしまった。

　フレンチトーストを作るために何より重要である食パンがないと分かると、犬童があからさまに機嫌を悪くしたので、仕方なく買いに出ることにした。基本的に買い物はすべて商店街で済ませてしまうが、あいにくこの時間に開店している店はない。普段は中々足を延ばすことのないコンビニがこの時ばかりはありがたく思えた。

　早朝のコンビニは覇気《はき》のない店員の他に若者が数人冷蔵庫の前に並んでいた。太陽も昇りきらないこの時間に街をぶらついている犬童と同じ年頃の少年たちは、コカコーラ派かペプシ派かで盛り上がっていて、鹿島は冷蔵庫に近付くことを躊躇《ためら》う。明るい髪色と極端な姿勢の悪さ、言葉使いも攻撃的で喧嘩をしているように聞こえるが、実際は仲間うちの会話なのだろう。大人しく食パンだけを買って帰ろうか。コーラを買って帰るのを諦めたそのとき、騒いでいた少年たちのうちのひとりがひょいと棚から顔を覗かせた。視線がかち合ってしまい、鹿島は彼らと関わらないことを諦めた。今目を逸らせば、それは露骨《ろこつ》な態度となってしまう。

「ねーそこのおにーさんはコカコーラとペプシどっちが好きっスかぁ」

　明るい茶色の髪にヘアバンドをした少年は人懐《ひとなつ》こい笑顔で尋ねてくる。その笑顔に緊張が解ける。鼻にかかるような甘い声は猫の声みたいだ。

「コカコーラかな……実はさっきから買いたかったんだ」

「え、もしかしてオレら邪魔だったすか？　すんません、オラ、お前らおにーさんがコカコーラ買うんだからどけよ」

ヘアバンドの少年は自分よりも背が高い仲間二人を散らすと鹿島を冷蔵庫の前まで招いた。それから「お好きなものをどうぞ」なんてまるで自分の冷蔵庫のような口ぶりで告げる。

「おいおい、いつからお前ん家の冷蔵庫になったんだよ」

鹿島とほぼ同じ背丈《せたけ》の少年がヘアバンドの少年につっこんだ。気兼ねしない間柄だということがその会話から伝わってくる。犬童にもこんな風に付き合える友人がいるのならばいいけれど。コーラを手に取ったまま、彼らのやりとりをじっと見ていたことに気付いて慌ててレジへと向かう。そんな鹿島に気付いた少年が「おれもコカコーラ派っス」と笑いながら手を振った。


フレンチトーストの卵液にシナモンを入れたらまさかの大不評で、鹿島は本日二枚目のフレンチトーストを焼いた。自分の分はいつも通り納豆などで済ませようと思っていたのに、鹿島の朝食もフレンチトーストになってしまった。不本意だったが、せっかく作ったものを捨てることもできないので仕方なくナイフを入れる。口に入れたフレンチトーストは牛乳と砂糖の甘味がほのかに広がり、ふわふわとした触感が懐かしかった。

「久しぶりに食べると美味《おい》しいな。基本的に朝は和食派だったけど、これはこれでいいな」

　同意を求めているわけではないので返事がなくても気にしないが、犬童は「美味《うま》い」と答えてくれた。空になった皿を差し出した犬童はどうやらまだ物足りないようで、二枚目はあるのか、いちごソースはないのかと聞いてくる。

「犬童って女子力高いな」

「なにそれ、馬鹿にしてんのか」

　急に不機嫌になった犬童に鹿島は狼狽《うろた》えながらも笑顔を崩さなかった。一度でも虚勢《きょせい》を見破られたらこの関係はあっという間に崩れてしまう。鹿島が犬童を怖がっていると知れば、犬童はあっさりとこの家を出て行くだろう。そういう予感が常にあった。

「いや、最近はそういうのが人気だって聞いたからさ」

「胡散臭《うさんくせ》ぇ」

　犬童は女にモテる情報よりも胃袋を満たすことが優先らしく、鹿島がフレンチトーストを完食するとすぐに二枚目をねだった。

　シナモンを足しても美味しいぞという言葉に犬童は「あれ、臭いから嫌いっス」と好き嫌いをする子供のように舌を出して見せる。時折犬童の仕草《しぐさ》からは子供っぽさが垣間《かいま》見え、その度に鹿島は犬童の運転免許証に記《しる》されていた生年月日を思い出すのだった。

　連休中、鹿島は食材の買い出し以外は外出せず、家の中で犬童とともに過ごした。犬童はトイレに立つときに助けが必要だが、それ以外は基本的には手が掛からなかった。彼は一日のほとんどをテレビの前で過ごしていて驚くほど静かだった。不良と呼ばれる人たちは騒がしいのだろうと決めつけていただけに鹿島は驚いた。

時間が空いた鹿島は、二階の部屋に運んだきりほとんど手を付けていない荷物を連休中に片付けることにした。アパートを引き払ってこの家に戻ってきたのは一年も前のことだが、家には生活に必要なものがすべて揃っていたので、仕事が忙しいことを口実《こうじつ》にほとんど触っていなかった。

大型の家具はほとんど処分していたが、一人で暮らしていた頃に集めた本やＤＶＤ、当時使っていた食器などが段ボールに入ったままだ。衣類もシャツやスーツなど仕事で使うものは既に出しているが、それ以外の私服は箱の中だった。最後に残った箱を開けると家庭用ゲーム機やポータブルのゲーム機が入っていた。若い頃は休日にゲームをすることもあったが、最近はほとんど触らない。本などと一緒に手放そうかとも思ったが、犬童がゲーム好きかもしれないと思いつき、鹿島はゲーム機が入った段ボールを抱えて一階へと下りた。

「何だよ、その箱」

「昔のものなんだけど犬童が使いたいなら使っていいから」

犬童の目の前に段ボールを下ろしてそう言うと犬童は眉間に皺を寄せながら蓋を開け、中身がゲーム機だと分かるとすぐに「やってもいいか」と聞いた。

「俺はもう使わないから犬童の好きにしていいよ」

犬童は鹿島の返事を最後まで聞かず、すぐにポータブルのゲーム機を取り出す。バッテリーが切れていると知るとすぐに充電器をプラグに挿《さ》し、充電が終わるのを今か今かと待ちわびていた。

ゲーム機を手に入れてからの犬童は充電が切れるまではゲームをして、充電している合間はテレビを見ていた。捻挫の経過も良好で、少しずつ行動範囲が広くなる。三日目にはひとりで立ち上がれるようになっていた。まだ痛みがあるので怪我を負っている足に体重を乗せることはできないらしいが、立ち上がるコツを掴んだようだった。

二階が片付くと時間ができたので、鹿島はフレンチトーストの作り方を犬童へと教えることにした。はじめは嫌がったが、作り方を覚えるといつでもフレンチトーストを作って食べることができるよ、と言うと犬童はすぐにやる気になった。ある程度の料理経験はあるようで、初心者向けメニューということもあってすぐにひとりで作れるようになった。

「俺、天才かも」

犬童が自分で作ったフレンチトーストを食べながら真面目な顔で言うものだから、鹿島は笑いを堪《こら》えて彼に同意した。犬童のできることがひとつ増え、四日目の朝からは犬童は自らフレンチトーストを焼くようになった。

風呂上りに冷蔵庫のドアを開ける犬童の背中を見ていると、たった四日で思いのほか馴《な》染《じ》んだことに驚きを隠せなかった。当初は甚平を嫌がっていたが、今じゃすっかり彼のお気に入りになっているし、彼を拾ってからというもの、冷蔵庫にコーラは欠かせなくなった。炭酸を好む人がいない家だから、冷蔵庫を開ける度に目に入ってくる赤と黒のペットボトルが鹿島を新鮮な気持ちにさせる。

休暇中は夕食のメニューを犬童が決め、その代わり昼食は鹿島が食べたいものにしていた。今日の夕食も、犬童の好物のひとつであるハンバーグだ。なるべく大きいサイズを作ってみたが、鹿島が半分を食べ終える前に犬童はぺろりと平らげていた。おかわりはないのかと聞いてくるので、明日の昼食用に取っておいた一回り小さなハンバーグを出してやる。サイズが小さいと不満げだったが、ハンバーグの上にチーズをのせてやるとすぐに上機嫌になった。この頃は犬童の機嫌の取り方を覚えたので威嚇される回数がぐっと減っていた。ときどき、思いもしない言葉で不機嫌になったりもしたが、それでもプリンという単語を口にすればすぐに唇の端を持ち上げる。

「アンタ、変な人だな」

ハンバーグを食べ終え、食器を洗っていると犬童はわざわざ隣に並んでそんなことを呟いた。不思議そうな顔をして、何が面白いのか鹿島の顔をじっと覗き込む。

「そうか？」

「俺を売ったりしねぇし」

「ヤクザに知り合いはいないよ」

「ヤクザじゃなくて敵対してる奴ら。アイツ等、俺をボコるためなら女だって使うんだぜ。クソみたいだろ。だからアンタは変わってる」

本気で不思議に思っている様子の犬童にこれはただの親切なのだと伝えると、彼はしばらく唸ったあとに「じゃあ今までの俺の生活はフツーじゃなかったんだな。アンタみたいな人、今まで一度も出会ったことないし」なんてカラリとした声で告げた。予想もしていなかった言葉に驚いて手を止めた。犬童はひとり納得した様子で片足を庇うようにしながらソファへと戻っていく。

親切にされたことなんてないときっぱり言い切れてしまうような人生。一体彼は今までどのようにして生きてきたのだろう。

彼に直接聞いてみようと思ったのは、路地裏で出会ったときの荒れ狂った様子がすっかりと鳴りを潜《ひそ》めていて、四日間共に暮らしたことで彼の人となりが分かってきたからだった。一日目よりは二日目、二日目よりは三日目。そうやって少しずつ、だが確実に距離が縮まっていると鹿島は自負《じふ》していた。

ソファに座り、なるべく深刻にならないように、努めて自然な声で話題を切り出すと、犬童はテレビに目線を向けたまま、以前は彼女の家に転がり込んでいたと教えてくれた。美容師の彼女は犬童より五歳年上で生活費だけでなく通信費や保険料まで持っていてくれたという。二十歳という若さで彼はヒモとして養われていたのだ。

「俺、チームとかに入るのが嫌で断っていたらいつの間にか敵ばっかりになっちまって、そんで彼女だと思っていた女が実はチーマーの女で、俺が寝ているときにそいつ等を呼んで襲撃されたのがついこの間の話。それ以来ダチも信用できなくて連絡取ってねー」

それだけ分かれば十分だった。

「家族もいないんだろう。帰る家がないなら好きなだけここにいればいいよ。足が治れば二階の部屋を使ってくれ。家を出るまで俺が使っていた部屋なんだ。段ボールも片付けたし、君の好きにしていいから」

「じゃあ、アンタは？」

「今は和室で寝起きしているんだ」

犬童は鹿島の話を聞いたあとまた不思議そうな表情を浮かべた。

「やっぱりアンタ変な人だ。それにアンタが良くてもアンタの家族は俺みたいなのが上がり込んできたら嫌がるだろう」

「この家に今住んでいるのは俺だけだよ」

鹿島が言うと犬童が「なんで」と素直に尋ねてきて、鹿島は答えに詰まった。

「こんなでけぇ家にひとりって寂《さび》しくならねぇの？」

犬童のその言葉が鹿島の心に染みる。広い室内にひとりきりでいるときの寂しさや虚《むな》しさが蘇るようだ。

「……だから君が居てくれればっていう話だよ」

今度は犬童が黙り込んだ。切れ長の目を鹿島に向けて心を探ろうとしている。

人間は多面的な生き物だ。表があれば裏もある。裏だけでなく横も上も下もあるかもしれない。それでも悪意ばかりではないのだと彼に知って欲しいと思った。鹿島の心に悪意はない。それを犬童に伝えたい。そういう人間もいるのだと知って欲しい。

「この家はひとりで暮らすには広すぎる。それは君をこの家に置いておく理由にはならないかい？」

犬童は納得できないものの、「じゃあアンタの家族が戻るまでなら」と小さな声で答える。

それから「俺、床よりベッドがいい」と言ってテレビのチャンネルを変えた。テレビから聞こえてきた盛大な笑い声がこの会話を終わらせ、コマーシャルに入ったところで鹿島は先に寝るよとマグカップを片手に腰を上げた。

❖

四日ぶりにネクタイを締めると窮屈《きゅうくつ》さを覚えたが、電車に揺られて会社の最寄り駅に着く頃にはすっかり馴染んでいた。出社すると同じ課のみんなから次々に声を掛けられた。もう大丈夫なのか、という言葉に何度大丈夫だと返しただろう。そもそも休暇理由が鹿島の体調不良ということになっているが、実際に体調を崩していたわけではなく、怪我をしていたのも鹿島本人ではない。だからこそ心配されることに後ろめたさを感じてしまう。かといって、路地裏で倒れていた男を拾って甲斐甲斐《かいがい》しく世話を焼いていたと馬鹿正直に答えるわけにもいかなかった。これ以上みんなに心配をかけるわけにはいかないし、同僚が同じことを言い出したら警察に相談するべきだと正論を返していただろう。

仕事中、ふと手を止めて犬童は今頃何をしているだろうかと考えたが、すぐにゲームをしている様子が浮かんだ。ソファに転がって熱中している姿が目に見えるようだった。

「鹿島さん、顔色がいいですね。何かいいことでもありましたか？」

今日中に提出しなければならない書類を片手に訪れたひとつ下の階の廊下で、そう声を掛けられた。以前一度だけ食事に行ったことのある、五歳年下の河野《こうの》桜《さくら》だった。

人の好《よ》さそうな顔と言われる部類に属している鹿島は恋愛の相談を受けることが多く、彼女も鹿島にその手の相談を持ち掛けてきたのだ。そして彼女は今、鹿島の一番仲がいい後輩と交際している。

「そうかな」

「そうですよ。ふふ、羨《うらや》ましい」

　最近身に起こったことと言えば、関わっていたプロジェクトが無事成功に終わったことと営業部から総務部に転属になったこと、路地裏で犬童を拾ったことだ。そのどれも確かに良いことと言えないこともなかった。犬童を拾ったことに関しては、それなりに毎日が楽しいから確実に良いことだろう。

「俺よりは君の方が良いことばっかりだろう」

　後輩と河野は付き合い始めて一年半、燃え上がるような時期も過ぎ、互いに落ち着いて未来の話ができる頃ではないだろうか。彼女もそうなのだろうと思っていたが、笑顔を引き攣らせたあとに俯いてしまった。人付き合いが上手《じょうず》で器用な子というのが河野の印象だ。こんなやり取りは呼吸するのと同じくらい簡単に流せるはずだ。それができないということは今かなり弱っているのかも知れない。

「……話なら聞くよ」

「すみません、私……」

　トイレから女性社員が二人、笑いながら歩いてきた。河野は小さく会釈《えしゃく》をすると俯きながら足早に去っていく。彼女のことは心配だったが、それを表情には出さずに女性社員二人に軽く挨拶《あいさつ》をしてその場を離れた。

　仕事後にセッティングされた飲み会には顔を出さなくていいという上司の気遣いを素直

に受け入れ、業務終了後すぐに席を立った。出入り口近くに座っていた新田祐樹の肩を叩く。昼間会話した河野桜の恋人である新田は穏やかで陽気な性格だ。ムードメーカーの彼は飲み会に参加することが多く、今夜も参加すると楽しげに話している。河野の様子がおかしかったので近況を聞いてみたが、新田は「俺は幸せすぎて申し訳ないくらいです」と心から済まなそうに答えた。

会社を出た鹿島はそのまま自宅方面へと向かった。電車は混み合っていてメールを打つ余裕なんてなかったが、歩行者信号を待っている間に河野へいつでも相談に乗るからとメッセージを送った。

駅近くにあるコンビニで犬童の好きなコーラとプリンを買い、商店街で食パンを購入してから帰宅した鹿島は、家が見えてくると一度足を止めた。既に夕闇が漂う風景の中、自分の家だけが浮かび上がっているように見えたのだ。家の窓に光が灯っている。それはとても温かな光で、その光がビニール傘越しには少し滲んで見えた。手のひらに食い込むビニール袋を持ち直した鹿島は赤い屋根の自分の家に向かって再び歩き出した。

鹿島が帰宅すると犬童はソファに寝ころんでゲームに夢中になっていた。ただいまという言葉にも「おー」とか「あー」とか良く分からない声が返ってきただけだ。和室で着替えを終えた鹿島はすぐにキッチンに立ち、手早く夕食を作り始める。肉が焼ける匂いが室内に広がると犬童が足を庇うようにしながらゆっくりとソファから立ち上がるのが分かった。

カウンター側からキッチンを覗き込み、今夜のメニューを聞いてくる。夕食は豚の生姜焼きとわかめの味噌汁、キャベツとトマトのサラダとごはんだ。犬童は生姜焼きとごはんはおかわりしたものの、サラダには全く手を付けようとしなかった。

「食事はバランスが大事なんだからサラダも食べないと」

自分の言葉を聞くはずがないと分かっているが、鹿島は思わず口を出してしまう。

「うっせーっスよ」

予想していた通り、切れ長の目が刺すように鹿島を見た。

「うさぎじゃねーんで、葉っぱなんて食わなくてもいいんすよ！」

白米にのりたまのふりかけを振りかけている犬童に思わず「うさぎじゃなくて犬だよな」と返すと、今度はさらにきつく睨まれる。

「アンタ今、俺を馬鹿にしただろ」

あっという間に機嫌が悪くなった犬童の気を逸らすため、鹿島は冷蔵庫の中にコーラとプリンが入っているからデザートに食べていいぞと一息に告げた。それを聞いた犬童はごはんをテーブルに置いたまま冷蔵庫へと向かう。そしておもむろにプリンを食べ始めてしまった。

鹿島にとってプリンはデザートだ。食後に楽しみに取っておくものだ。けれど犬童は鹿島とは違っていた。食べたいものを食べたいときに食べる。順番を全く気にしない。だからプリンを食べ終えたあとにまたふりかけごはんを食べることができる。

「何だよ」

彼の行動の一部始終を見ていたら、視線に気付いたらしく睨まれてしまった。

「いや、食べる順番を気にしないんだなって」

鹿島自身、食べる順番を意識しながら食事をしているわけではないが、それでもやはりサラダから手をつけて最後にデザートを食べる。それが常識だと思っていたし、無意識レベルで刷り込まれている。

「あーそれは多分俺が施設で育ったから」

のりたまごはんをかき込むようにして食べながら、犬童は天気の話をしているときとさほど変わらないテンションで答える。だから一瞬、聞き流してしまいそうになった。戸惑いを隠せず、箸《はし》を持ち上げたまま固まった鹿島を見て、犬童はなぜか勝ち誇ったような表情を見せる。

「まだガキの頃に母親がばーちゃんに俺を預けて、そしてばーちゃんが入院してからはずっと施設にいたんで。あそこじゃあ早く食べなきゃデザートを食いそびれちまうんだ。上の奴らが取ってってくんで」

茶碗《ちゃわん》にこびりついた米粒を箸ではなく指でつまみながら犬童は淡々と話す。触れていい話題なのか分からず困惑している鹿島に気が付いているのかいないのか、犬童は昔の話を続けた。

彼は小学校高学年から十七歳までの間を児童養護施設で過ごしたという。そして高校を中退してからは施設を出て、現在に至るまで女と友人の家をふらふらと行き来していたらしい。しかし彼女に裏切られたことがかなりショックだったらしく、傷も癒えていない今は友人たちとも距離を置いているようで彼が誰かと連絡を取っている様子はない。

「母親はどうしたんだ?」

彼を祖母《そぼ》に預けたという母親とは連絡を取っているのだろうか。疑問に思って問いかけると、犬童はぽかんと口を開け、「生きているのか死んでいるのかもしらねぇ」と答える。その声からは彼が母親に全く関心を持っていないことが伺い知れた。

「母親に会いたいとは」

「思わねぇ」

顔も覚えていないのだから会いたいと思ったこともないと、犬童はさも当たり前のように口にする。

「会いたいと思わないって、母親だろう? 君を産んだ母親に会いたいと思わないなんて」

興奮しているのは鹿島だけだった。犬童はというと、どこまでも冷静なまま鹿島の様子をじっと見ている。

「俺を産んだかも知れないけど、俺を捨てた人だ」

「確かに君を預けたかもしれない。でも母親が子供を捨てたいなんて思うはずがない。きっと事情が」

いつの間にか箸を強く握りしめていた。妹が屋久島《やくしま》の土産《みやげ》に買ってきてくれた樹齢何百年の杉の木で作られた箸が手のひらに食い込んで痛い。

「アンタ、俺の母親に会ったことあんの？」

それは鹿島に冷や水を被《かぶ》せるような冷たい声だった。冷めた表情の犬童が鼻で笑う。

「アンタの世界ってあったかいんだろうな。きっとアンタみたいなお人好しばっかりいるんだ。俺の世界じゃ、倒れている人がいれば財布を奪われるし、好きな女にだって裏切られるし、母親だって子供を捨てる。アンタと俺とでは住んでいる世界が違うんだろうな」

言い終わると同時に席を立った犬童は足をひょこひょこと引きずりながら再びソファに向かい、ボフンと大きな音を立てて横になった。犬童がポータブルゲーム機のボタンを押す度に何かが爆発するような音や軽快な音楽が聞こえてくるが、それらは右から左に流れていくだけで、鹿島の意識に触れることもなかった。

突然強い風が鹿島の心の中に吹きはじめ、その風をやり過ごすだけで精一杯だった。

母親が子供を捨てるなんてありえない。今の今まで鹿島は本気でそう思っていた。しかしもしも世界中の母親が子供を大切に想い、何よりも優先させているのであれば、虐待《ぎゃくたい》などのニュースは消えるはずである。だが実際は今朝も、母親に虐待されて亡《な》くなった二歳の子供のニュースをワイドショーが取り上げていた。アナウンサーやコメンテーターたちは信じられないとか許されることじゃないと口々に言っていたが、これははじめて起きた事件などではない。日常的に今もどこかで繰り返されているかもしれないことだ。

白い器の上に並んだ肉もごはんも味噌汁もすっかり冷めてしまった。鹿島はしばらく呆《ぼう》然《ぜん》と座っていたが、消えた食欲がもう戻ってこないと気付くと腰を上げた。

夕食後、鹿島は犬童にどう接していいのかが分からず、ほとんど口を開かないまま布団の中へと潜り込んだ。対照的に犬童は普段通りで、それが余計に鹿島を戸惑わせている。彼が怒っていたのなら、悲しんでいたのなら、謝ることができた。けれど犬童は謝るきっかけすら与えてはくれない。

ふと、もしかしたら彼は慣れているのかもしれない、と思った。鹿島が口にしたように、母親が君を捨てたのにはきっと理由があるんだ、なんて母親に会ったこともないような人たちに言われながら育ってきたのかもしれない。冷静になって考えてみればなんて理《り》不《ふ》尽《じん》な言葉だろう。犬童はもう母親の顔も覚えていない。自分をこんな境遇に追いやった張本人を憎むことすら許されないなんて、あまりにも理不尽だ。

「……おやすみ」

暗闇から寝返りを打つ音と柔らかい声が届くと、鹿島はますます混乱しながらひきつった声で返事をした。

翌朝、晴れ間など見えない灰色の空を見上げて鹿島は雨でよかったと思った。ぐるぐると考え続けていたせいですっかり眠るタイミングを逃し、全く眠れていないから朝日の眩しさに耐えられなかっただろう。犬童は今日もフレンチトーストを作るためにキッチンに立っている。夕飯は鹿島が作るが、朝と昼は自分で食事を用意するようにという決まりは今のところ順調に守られている。

一度、犬童が鹿島の分のフレンチトーストを作ろうとしたことがあった。キッチンに立ち、テーブルで新聞を読んでいた鹿島をオイ、と呼びつけたあとに「アンタも食うか」と聞いたのだ。彼が自分を気に掛けてくれるなんて、と小さな感動がじわりと胸に広がったが、鹿島はそれを丁重に断った。朝はフレンチトーストも犬童が決めているように、鹿島もまた朝は和食と決めているからだ。こういうところは犬童と自分は似ているかもしれないと鹿島は思う。

支度を整え、使用した食器を片付けた鹿島はまたゲームに夢中になっている犬童を呼んだ。迫力のある意思の強そうな瞳を見つめ、「君は母親を恨んでいるか」と尋ねた。一晩中考えた鹿島がこれだけは聞いておきたいと思っていたことだった。どんな返答がきても驚かないように準備はできている。

「別に恨んじゃいねー。俺を産んでくれた人だし。どっかで元気でやってればいいって思うけど会いたいとは思わないだけ」

それは鹿島が望んでいた答えとほぼ同じだった。どんな理由があれ、血の繋がっている母親を憎むなんてあまりにも悲しい。それぞれの家庭に事情があることは分かっている。子供を何よりも優先するような母親ばかりじゃないこともう認めている。それでもやはり家族が憎しみ合うのは辛いと思ってしまう。彼の言うお人好ししかいないあったかい世界から完全に抜け出せたわけではないだろう。それでも鹿島はそこを抜け出して犬童を理解したかった。

「これで満足？」

犬童の視線はゲーム機のディスプレイに戻っていた。金髪の根元が少し黒くなっている。痛々しかった傷跡も少しずつ薄れている。睨んだり怒鳴ったりという態度も見られなくなった。鹿島が年上だからか、崩れてはいるが敬語を使うようになった。彼が何をどのように考えているのか。自分は彼を傷付けてはいないか。そればかりを考えて昨夜は一睡《いっすい》もできなかった。得体の知れなかった男が今じゃすっかり弟か甥《おい》っ子のように思えているから不思議だった。

「今日の夕食は何がいいか考えておいて」

ネクタイの位置を正し、玄関へと向かう鹿島の背中に犬童の「ピザ」という大きな声が届くと、若者らしい答えに思わず鹿島は笑ってしまった。

2.

四国地方で梅雨が明けたというニュースをソファに並んで座って見ていると、洗濯機がピーピーと鳴いて主張した。つい先ほど流れていたコマーシャルの曲を口ずさみながら、犬童が洗濯機のある水場の方へと軽快に歩いていく。元通り歩けるようになるまでにひと月はかかると言われていた手足の捻挫は二週間ほどで回復し、今ではほとんどの家事を彼が担《にな》っている。洗濯や買い物はもっぱら彼の役割で、買い物に出るときには小遣いも含めて多めにお金を渡していた。怪我が治れば出て行くかと思っていたが、すっかりこの家に馴染んで暮らしている。

犬童の足の腫れが引くと鹿島は二階の自室を彼に与えた。犬童がベッドで眠りたいと言っていたので、ベッドもそのまま使ってもらおうかとも思ったが、スプリングが弱くなっていたためマットレスのみ新調した。その他は鹿島が以前使用していた六年前のままだ。小学校に上がったときに両親が買ってくれた勉強机がまだ部屋の隅《すみ》に置かれている。現役と言えるかは分からないが、犬童が使ってくれればまた現役に戻れるだろう。

高校を中退し、働きもせずヒモのような生活を送っていたという話を聞いたときは、甲《か》斐性《いしょう》のない男を家に置いておく女性のことが信じられなかったが、今では理解できるようになってしまった。犬童は基本的に手が掛からない。そして意外にも感情の起伏《きふく》があまりなく、フラットだった。会話の途中で不機嫌になることはあるものの、そういうきっかけがなければどの時間も居心地よさそうに過ごしている。自分の家でそこまで寛がれると嫌な気はしなかった。不思議な男だな。鹿島はカーペットの上で転がっている犬童を見る度にそう思った。

その日は仕事のあとに人と会うことになっていた。同じ会社で働く河野桜と食事に行く約束をしていたのだ。

駅前のカフェでコーヒーを飲みながら待っていた河野と合流し、駅ビルの中にあるイタリアンのレストランへと入った。新装開店したばかりだという店内は中央に大きなシャンデリアがあり、間接照明をメインに使用しているため少々薄暗かったが、ゆったりとした音楽と相まって雰囲気が良かった。他のテーブル席を見るとカップル率が高い。

「鹿島さんは決まりましたか？」

黒髪を耳に掛けた河野の笑顔は以前よりは明るくなったと思う。新田からは話を聞いていないので、彼らが現在どのような状況なのかが今ひとつ分かっていなかった。

サーモンのカルパッチョとシーザーサラダ、パスタはプッタネスカ、ピザはクアトロフォルマッジを注文した。新装開店記念のサービスで、パスタとピザを頼むと白ワインのハーフボトルがついてきた。

本題にすぐ入ることはせず、当《あ》たり障《さわ》りのない話を続けた。ときには笑いながら、ときには相槌《あいづち》を打ちながら鹿島は彼女の話を聞いていた。前菜が終わり、切り分けたピザを手にしたとき、彼女の声のトーンが変わった。そして彼女は手を止めて、「私、まだ祐樹には直接聞けていないんですけど、二股《ふたまた》かけられているかもしれないんです」と切り出した。「鹿島さんは祐樹のこと良く知っていると思うから相談するか悩んだんですけど、でも私、もう無理かもしれない」

彼女は事の詳細を話し始めた。最近、デートをしているときも誰かから連絡が入るようになったこと。その相手から連絡が入ると席を離れて電話を掛けに行くこと。一度彼がベランダで電話しているところに聞き耳を立てていたら、相手をあずさと呼んでいたこと。疑惑が晴れることはなく、彼女の心は不安に苛まれていた。涙を堪えるように唇を噛み締めた彼女がふぅ、と息を吐き、「私ったら駄目ですね」と弱々しく笑った。

「俺は新田が二股なんてできる器用なタイプだとは思えないんだ。君を食事に誘うのに一年掛かる男なんだよ。あいつが動かないから先輩の俺が動いちゃう始末だしさ」

出会った頃を思い返したのか、河野が小さく笑う。それを見てまだ大丈夫だと鹿島は確信した。ピザが完全に冷める前に食べてしまおうと声を掛けると彼女は力強く頷《うなず》いた。鞄《かばん》の中から桃色のシュシュを取り出して長い髪を結わえる。

「せっかくの美味しいピザなんですから、食べなきゃ」

ピザの上に蜂蜜をかけて勢いよく食べていく彼女は、無理をして明るく振る舞っているようだ。その姿を見ていると、鹿島のスマートフォンが震えた。届いたメッセージは今まさに話題に上がっている新田祐樹からだ。彼は今仕事を終えたらしく、どこかで夕食を食べているなら混ぜて欲しいと猫のスタンプを使って送ってきた。

店名と現在位置を送ると新田はすぐに行きますと今度は犬のスタンプを送ってくる。新田が送ってくるほのぼのとしたスタンプを見る限り、彼女がここまで追い詰められていることに全く気付いていないのだろう。新田が浮気をしていると疑っている彼女に今から彼がくると伝えたら帰ると言い出しかねない。鹿島は二人に話し合う時間を持ってほしかったのであえて話さなかった。

ピザを半分食べ終えたあたりでスマートフォンがまた震え、それから一分もしないうちに新田が現れた。鹿島と彼女に気が付くと不思議そうに首を傾げ、そのままテーブルまでやってきた。

「俺も誘ってくれればいいのに、何で声かけてくれないんすかぁ」

新田は鹿島と彼女が二人きりで食事をしている場面に出くわしても気を悪くした様子もなく、自然に椅子《いす》を引いて彼女の隣に腰を下ろす。しかし突如《とつじょ》現れた新田に河野の方は動揺を隠せずにグラスを倒してしまった。そんな態度を取ったら相手を誤解させてしまう。鹿島は「今、お前が浮気しているって話を聞いていたところ」と素直に白状した。

「は？　え、浮気？　オレがぁ？」

突然向けられた疑惑に新田は動揺した。その様子を見て、鹿島は彼女の勘違いだと確信する。

「お前は浮気なんてできるほど器用ではないよなぁ」

そう伝えると彼は「そうですよ。何がどうしてそうなったのか。なぁ、桜、お前どうして泣いているんだよ」と河野の肩に手を置いた。大きな手の下で華奢《きゃしゃ》な肩が震えている。

「何か不満や不安があれば俺に言えって。何でも答えるからさ。あと、浮気は絶対してないから」

泣き出した河野を宥《なだ》めるため、聞いたことのない優しい声で話す新田にジェスチャーで帰ることを伝えて腰を上げた。テーブルの端に置かれた空の器の下に一万円札を挟み、店を後にする。エレベーターを待っていると、新田が封筒を手に後を追ってきた。

「今日はありがとうございます。アイツ、自分に自信がないみたいで全部溜めこんじゃうんですよね……それと、これは前に話していた資料です。高卒認定試験とか通信制高校とか色々入っているので見てみて下さい」

新田が手渡してきた茶封筒にはパンフレットが何枚も入っていた。新田の従妹《いとこ》も高校を中退し、高卒認定試験を受けたと聞いていたので犬童のことを遠い親戚ということにして相談していた。しかしまさかパンフレットまで用意してくれているとは思わなかった。

「この礼はまた今度するよ」

「それはこっちの台詞《せりふ》ですよ。先輩もその、今はきっと色々と大変なのに、それなのに俺らのことに時間を割いてくれてありがとうございました」

「色々って、あぁ、異動のことか？　もう一年も経っているからさすがに慣れたよ。まぁ、気にかけてくれるのは嬉しいけど」

「……そう、っスね」

新田の表情がわずかに曇ったがそれも一瞬のことで、すぐに「俺、今日は桜と話して帰りますけど、今度また一緒に飯行きましょう」と笑顔を見せた。

鹿島がもちろんだ、と返すとエレベーターが到着した。中に乗り込むと新田が軽く手を振った。

「そういえば、新田が勉強を教えていた従妹の名前を教えてくれるか？」

「え、あずさですけど。名前がどうかしましたか？」

「河野にもその話をするといい。多分、誤解が解けるよ」

鹿島は話をのみ込めていない新田に手を振り、ドアを閉めた。

新田が集めてくれたパンフレットを鞄に収め、鹿島は帰途《きと》についた。

鹿島に予定が入った日は出前を取っていいという約束をしていたため、リビングにはピザの箱が二つ積み上がっていてチーズの匂いが充満していた。冷蔵庫の中のコーラのペットボトルが二本に増えている。除湿機の電源を入れると高湿の文字が光り、ゴォ、という音を立てて機械が湿気を吸い込み始める。

「早かったすね」

トイレから戻った犬童は鹿島にピザをすすめたが、ピザを食べてきたところだからと断った。ネクタイを外してソファに腰を下ろすと、ソファの前に座っている犬童のつむじがよく見えた。顔が見えないこの状態の方が話を切り出しやすい。そう思った鹿島は新田がくれた茶封筒を犬童の膝の上に軽く置いた。

「何すか、これ」

犬童が茶封筒を覗き込んで尋ねる。鹿島が答えずにいると茶封筒をひっくり返してパンフレットをぶちまけた。

「……何すか、これ」

つい一分前と同じ言葉だったが、鹿島には全く違うもののように聞こえた。声に含まれた怒気に緊張が走り、無意識に手を握り締める。この展開になることははじめから分かっていた。分かっていて、鹿島は彼にパンフレットを見せたのだ。

「通信制の高校とかに詳しい人から貰ったパンフレットだよ」

「何でそのパンフレットを俺に持ってくるんスか」

上質な紙で作られたパンフレットが犬童の手の中でぐしゃりと歪んだ。そのとき、やはり顔が見えなくて良かったと鹿島は思った。きっと犬童は今、ものすごい形相《ぎょうそう》をしている。それを見てしまえば、さすがに犬童を怖いとは思っていないという演技を続けることはできなかっただろう。

「君のこれからの未来のためにも高校は出た方がいいと思う。通信制高校の他にも高卒認定試験とかもあるんだ。君に向いているものを選べばいい」

鹿島の言葉に対して犬童は皺の寄ったパンフレットを力いっぱい床へと投げつけた。紙が床を叩く音が響く。その音に対抗するように、除湿機が唸り声を大きくした。

「余計なお世話っス」

冷たい声に身体が強張る。勢いよく立ち上がった犬童は鹿島を振り返ることはなかった。玄関のドアが閉まる激しい音がしたあと、家の中は水を打ったかのように静まり返ってしまった。

最悪の状況だった。予想していた中で最悪の状況になってしまった。どうしたらいいのか分からず、呆然とする。追いかけないと、とようやく腰を上げたときには、玄関どころか通りにさえ犬童の姿は見当たらなかった。彼を捜さなければと歩き出してみたものの、彼が行きそうな店や場所がひとつも思いつかない。考えた結果、若者はコンビニに集《つど》うという安直なイメージだけでコンビニを二カ所回ってみたが、犬童の姿はなく、以前見掛けた少年たちが立ち読みをしていただけだった。

彼の傘は家に置かれたままだった。きっと鍵や財布すら持っていないだろう。こんな雨の降る街で彼は一体どこにいるのだろう。駅前のレンタルビデオ屋など、思いついた場所を捜し尽くした鹿島は、家に戻って待つことにした。少なくとも彼は一文無しだ。財布を取りに帰ってくる可能性は高い。

鹿島が家に戻ると、玄関先に犬童が座り込んでいた。その姿が見えたとき鹿島は安堵したが、犬童は鹿島に気が付くと身体を丸めて小さくなってしまう。普段は強気な金色の髪も、今じゃすっかり濡れてしまってしょぼくれている。迷子になった子供みたいな不安な瞳をした犬童は多分、鹿島の言葉を待っている。

「おかえり、犬童」

この言葉が正しかったのかは分からない。それでも犬童がうるせーとか黙れとか言わずに受け入れてくれたから、鹿島はこの言葉が正解だということにした。


雨にすっかり濡れてしまった犬童を浴室へと追いやり、鹿島はキッチンに立った。外気温は低いとまではいかなかったが、それでも濡れれば身体は冷える。鹿島は自分用にコーヒーを、犬童にはココアを作り、風呂上りの犬童がソファに座るのを待ってそれを運んだ。言葉はなく、二人並んでコーヒーとココアを啜る。マグカップ一杯のそれを飲み終える頃には身体はすっかり温まっていた。ほう、と小さく息を吐くと今度は犬童が腰を上げ、空になった二つのマグカップを手にキッチンに向かう。黙々とカップを洗う犬童の表情はまだ険しい。犬童は高校を中退したことを気にしている様子は見せなかったが、鹿島が学歴のことを話題に出したことで、馬鹿にされたと受け取ってしまったのかもしれない。誰にだって触れられたくない過去はある。そう思うと鹿島はこれ以上何も言えなかった。

その日以来、鹿島は犬童の進路や将来について自ら口を開くことはなかった。犬童があの夜吐き捨てたように、余計な世話だという気がしていたし、彼自身が変わろうと思わなければ意味がない。だから鹿島は犬童の心の変化を待っていた。

❖

鹿島は普段はほとんど定時で上がることができるのだが、その日は営業のミスをカバーするために予定外の書類の作成や先方への連絡等を行わなければならず、帰宅したときには夜の九時を回っていた。業務中は犬童に連絡する時間もなかったので彼も夕食は食べておらず、空腹を訴えてくる。

「すぐに作れるからラーメンにしようか」

その提案に犬童の表情が曇った。鹿島が犬童くらいの頃、ラーメンは好物のひとつだった。だからてっきり犬童もそうだろうと思っていたのだが、どうやら違うらしい。

「ラーメン嫌いだったか？」

「嫌いじゃねーんスけど。食いにくいっていうか」

食べにくいというのはどういうことだろう。猫舌には見えなかったけどなぁ、なんて考えながら袋の豚骨《とんこつ》ラーメンをさっと作ってテーブルに運ぶ。するとすぐに犬童の言葉の意味が分かった。

犬童の箸の使い方は切ると刺すとすくう、の三種類しかなかった。指の配置に問題があるため、箸先が交差してしまい、麺《めん》を挟むことができないのだ。そのためラーメンの麺を挟むのではなく、二本の箸に引っ掛けて食べていた。だから鹿島が食べ終えても、まだ犬童のどんぶりの中身は半分以上も残っていた。

「犬童、箸の持ち方を教えるよ」

見かねてそう声を掛けたのだが、犬童は何も言わず箸から手を離した。それから鹿島を強く睨みつける。

「馬鹿にしてんじゃねーよ」

そう吐き捨てた犬童だったが、その表情は怒りよりも悲しんでいるように見えた。犬童自身気にしていたことだったのかもしれない。

「ラーメンってさ、食べるのが遅いと麺がのびちゃうだろう？　俺はラーメンが好きだから犬童にも好きになってもらいたいんだ」

腰を上げた鹿島は犬童の後ろに回り彼の手を取った。犬童が手を振り払わないことを確認し、指の形を直して箸をのせる。箸を動かすのが難しいらしく、何度も落としてしまったが、練習するうちに少しずつ箸を操れるようになってきた。麺をすくうのではなく、箸で挟んで持ち上げられるようになると犬童は嬉しそうに麺を啜る。

「少しずつ上手になっているよ。もうラーメンも冷めてしまったし、もう一度作ろうか」

「え、まじで？」

犬童がパッと顔を上げて目を輝かせている。また豚骨でいいか、と尋ねると大きな声で味噌、と返ってきた。鹿島は「了解」と答えてキッチンに戻り、もう一度小さな鍋に水を入れて火に掛けた。

食事を終えてコーヒーを飲んでいるときに、突然犬童が話し掛けてきた。普段はあまり口数が多い方ではないから、珍しく思って視線を向けると、犬童はゲーム機を操作しながら続けた。

「この前にアンタが言ってたのってさ、」

「この前？」

「高校がどうとか、試験がどうとかってやつ」

まさか犬童からその話題を振ってくるとは思わず、鹿島はあやうくコーヒーの入ったカップを落とすところだった。何とか零さずにテーブルに戻し、「それがどうかしたか」と返すと、犬童はしばらく黙り込んでからにひとり言のような小さな声で呟いた。

「オレのことを考えてくれたんだよな」

「そうだよ。君のことを俺なりに考えてからじゃないとあんなことは言わないよ」

彼に自分の気持ちが伝わったのかも知れない。そう思うと期待に声が震えた。しかし犬童は鹿島の予想よりも随分あっさりとしていて、「ふーん」と言ったきり、その会話は途切れてしまう。

一体何だったんだろうか。何を試されたのだろうか。雑に終わらされてしまった会話の目的が分からず、鹿島は首を傾げた。

次に犬童が同じ話題を持ち出したのは鹿島がシャワーを終えて浴室から出てきたときだった。また同じように「俺のことを考えてくれたってことだよな」と訊いてくるので頷くと、また「ふーん」と会話が終わった。

彼が鹿島を責めているとは思わない。しかし何度も蒸し返す理由が分からなかった。鹿島がどんなに頭を悩ませても、犬童が何を考えているのかなんてまるで分からないのだ。

彼の本意が分かったのはその日の夜、就寝前のことだ。和室に布団を敷いていると犬童が部屋を覗き込んで「アレ、受けてみようかと思うんスけど」と声をかけてきた。アレ、というのが通信制の高校や高卒認定試験のことだというのはすぐに分かった。

「もう全部捨てちまった？」

パンフレットのことを言っているのだと気付き、鹿島は押し入れの下に仕舞ってあった古い鞄を取り出した。その中にはあの夜投げ捨てられたパンフレットたちが入っている。

「もう一度高校に通いたいなら通信制の高校に通うのがいいと思う。高校に行きたい訳じゃないなら高卒認定試験を受けるっていう手もあるみたいだよ」

部屋の電気を点け、敷布団の上にパンフレットを並べると犬童も傍らに屈みこんだ。ヤンキー座りを近くで見るのは初めてだったので、うっかり見入ってしまう。バランスを取るのが難しそうだ。

「学校は嫌いだから行きたくねー」

「じゃあ高卒認定試験かな。これは高校卒業したことにはならないんだけれど、それくらいの学力は有るっていう証明みたいなものらしい」

「ふーん。家でできんの？」

犬童はパンフレットをペラペラとやる気がなさそうな手付きで捲《めく》っている。すぐに返事ができなかったのは、彼がこの家をまるで自分の家のように口にしたからだ。そのことに驚いていた。

「家でできないんならやりたくねぇ」

「い、家でもできるよ」

声がひっくり返ってしまい、犬童が片眉をつり上げて鹿島を見た。

「今度の土曜に本屋に行こう。そこでいい教材を選ぼう」

鹿島の提案に犬童は「別にいいけど」と言ってさっさと和室から出て行ってしまった。鹿島は黙って見送り、身体の中から湧き出る歓喜を押し殺した。犬童は気付いているのだろうか。彼は今、自ら大きな一歩を踏み出したのだ。そのことが鹿島は嬉しかった。心の底から嬉しくて、犬童の金色の毛並みを撫でまわしたくて仕方がなかった。

犬童が踏み出すのなら鹿島はそれを応援したい。手伝えることがあるのなら何だってしたい。犬童が許すのであれば余計な世話でもなんでもやきたかった。

「教材の良し悪し《よあ》はやっぱり聞いた方がいいよなぁ」

鹿島はすぐに新田へラインを送り、新田からもすぐに返事がきた。週末までに従妹に聞いてくれるらしい。持つべきものはやはり友人だな、なんてことを思いながらその日鹿島は穏やかな気持ちで布団に入った。


新田から教わった教材を探しに駅前の本屋にきたはいいが、犬童はどこに行っても目立ち、すぐによくない連中に絡まれた。本屋に辿り着く前に鹿島の方が疲労を覚え、駅ビルで買ったキャップを犬童にかぶらせたほどだ。髪の色が分からなければ少しはマシだろうと思ったのだが、そんな些細《ささい》な変化では犬童のヤンキーオーラは消せないようで、本屋の入り口で明らかに国籍不明の連中に良く分からない言語で言いがかりを付けられた。

しかし鹿島と一緒だからか、犬童はけして言い返したりはせずに黙って鹿島の後を追い掛けてきた。まるで飼い主に従順な犬みたいに大人しくしている犬童に驚く。

「アンタ変な人っスね」

本屋の帰りに立ち寄った喫茶店で犬童は窓の外を見ながら呟いた。手元では注文したメロンソーダがキラキラと光っている。

「そう、かな?」

鹿島はカップをソーサーの上に戻して首を傾げる。

「変。今まで会ったことねぇ。普通の人って俺と目を合わさないようにして避《よ》けていくんスよ。俺に声を掛けてくるのは大体今日みたいに喧嘩したい奴らだけ」

「そうなのか」

犬童は一度頷いたあと、窓の外から鹿島へと視線を移した。今までの威圧《いあつ》的な睨みではなく、ただ鹿島をまっすぐ見つめる瞳が細められる。犬童はこんな風に柔らかく笑うこともできるのか、と驚いた。

「俺、こんなに優しくされたことないっス。誰かに将来を心配してもらったのもアンタが初めてっスよ」

犬童は嬉しそうにそう言った。鹿島の心が彼に届いたのだ。それが今、彼を見て伝わった。

「そうだ、今度髪を染めようかな」

犬童は思い付いたように手を伸ばしてテーブル越しに鹿島の髪に触れる。

「アンタみたいな髪なら絡まれなさそうだし。ダセーのは我慢するしかねぇか」

鹿島は特に返事をせずにいたが、犬童はしばらくうんうん唸ったあとに「やっぱやめた」と結論を出した。どうやらダサいのは我慢ができないらしい。

人間はそう急には変わらない。けれど犬童が少しずつ変わりはじめているのは確かだった。その変化を鹿島が一番近くで見ているのだ。親戚の子供があっという間に成長するときのような、嬉しさと寂しさが入り混じった気持ちを少し持て余しながら鹿島は目の前でメロンソーダを飲んでいる犬童を見つめていた。

3.

梅雨が明けた土曜日の午前十一時。鹿島は商店街の隅にある喫茶店の窓際のテーブル席に座っていた。約束の時間から十五分遅れて店のドアが開き、カランコロンと懐かしい音が来客を知らせる。視線を入口へと向けると、店内を見回していた女性がこちらを見てほっとしたように微笑んだ。

黒髪をひとつに結び、黒縁メガネをかけた女性に鹿島は「お久しぶりです。鶴川《つるかわ》先輩」と立ち上がって頭を下げる。

「鹿島くん、頭下げたりしないでいいから」

女性が慌てたように首を横に振り、鹿島のテーブルへ歩いてきた。彼女の名前は鶴川朝《あさ》子《こ》。新卒で入社してからの三年間、彼女は鹿島にとって一番身近な先輩だった。単に仕事だけじゃなく、モチベーションの保ち方や仕事に対する姿勢なども彼女から学んだ。今の自分があるのは彼女のおかげだ。そう言い切ることができるくらいお世話になっていた。

視線がかち合うと、鹿島くんは変わってないわね、と朝子が言う。先輩は痩せましたね、という言葉をのみ込んで鹿島は曖昧《あいまい》に微笑んだ。彼女の隣に立っていた幼い少女が「お母さん、この人だあれ?」と首を傾げる。鎖骨《さこつ》まで伸びた細い髪がさらさらと流れた。

「僕は鹿島聡といいます」

「じゃあ、さと君だね」

幼い少女はそう言って微笑む。笑った表情が母親である朝子にそっくりで微笑ましい。

「遅れてしまってごめんなさい。この子が迷子になってしまって」

「迷子じゃあないのよ。ちょっと散歩してただけよ」

唇を尖《とが》らせた少女は手に持っていた飴玉《あめだま》をテーブルの上で転がす。彼女が動く度に柔らかな髪がさらさらと流れるのが美しい。少女だけを照らすように窓ガラスから光の帯が落ちた。

朝子は奥の椅子に娘を座らせると、自分は通路側に腰を下ろした。かなり大きなトートバッグを床に置こうとしたので鹿島は慌ててそれを受け取り、空いている隣の席へと置く。

「娘のひかりよ」

「ひかりはね、四歳なのよ」

彼女の名前を聞いた鹿島は目を大きく見開いて少女を見つめる。そして小さく、「妹と同じ名前だ」と呟いた。

「そうよ。鹿島くんが妹さんの話ばっかりするから娘が産まれたときにその名前しか思いつかなかったのよ。この子は平仮名《ひらがな》でひかりって書くの」

娘の髪を撫でる朝子の表情は今まで目にしたことがないくらい優しさに満ちている。数年前一緒に働いていたときとは雰囲気がまるで違う。今の彼女はどこからどう見ても母親だった。

ホットケーキとクリームソーダを選んだひかりは両脚をリズミカルに揺らしながら美味しそうに食べている。彼女の頬についているクリームをティッシュで拭う朝子もまた楽しそうだった。コーヒーを飲み終えたところで朝子は娘から鹿島に視線を移し、「突然呼び出してごめんなさいね」と肩を小さく竦めた。

朝子はしばらく迷っていたようだが、意を決したように鹿島をまっすぐ見つめ、娘をしばらく預かってほしいと言った。彼女は末期ガンの母親を看取《みと》るために今から新幹線に乗り、生まれ故郷である北の町に戻らなければならないのだという。しかし別れた夫が実家で待ち伏せている可能性が高いため、娘を預ける先を探しているのだと続けた。

朝子の元夫は、外面は良かったが重度のギャンブル依存症《いそんしょう》だった。定職に就いておらず、家計を支えていたのは朝子だったが、夫は娘の世話を全くしなかった。そのため朝子は認可外の保育園に娘を預け、フルタイムで働いていた。しかしそのうち朝子の努力ではどうにもならなくなった。朝子の夫は複数のカードローンを抱えていて、金が借りられなくなるととうとうヤミ金に手を出したのだ。そのうち返済の催促電話が朝子の会社にまでくるようになった。会社に迷惑をかけられたことで朝子はようやく離婚を決めたが、会社に居づらくなった朝子は離婚と同時に退社した。しかし夫は離婚後も朝子と娘に付きまとったため、避難シェルターに一時的に逃げ込み、住民票に閲覧《えつらん》制限措置をかける手続きを行ってから夜逃げのように今のアパートへ引っ越した。しかし元夫はそれでも諦めなかった。今年の春、母親に会うために実家の最寄り駅に降り立ったとき、朝子が母親に電話をかけている隙に、待ち伏せしていた元夫に娘を連れ去られそうになったという。

「さぞ、お辛かったでしょう」

話を聞いている間、朝子にかけるべき言葉を探したのだが、つまらない言葉しか見つからなかった。自分の不甲斐なさを痛感していると朝子が「ありがとう」と笑った。

「鹿島くんが言ってくれたときに思い切って別れていれば、きっとまだ仕事も続けられていたのに。そうしたら少なくともここまで苦労することはなかったかもしれない。でもね、私は意外と平気なのよ。ひかりがいるから。この子がいるから頑張れる。だからこの子だけはあの男に奪われたくないのよ」

朝子の声は落ち着いていたが、強い意思が感じられた。

「鶴川先輩が僕に何かを頼むことがあったら絶対に断らないと決めているんです。だからもちろん大丈夫ですよ」

笑ってくれるかと思っていたが、朝子の瞳がきらりと光り、彼女は俯いてしまった。娘のひかりが何かを察し、ティッシュを母親へと差し出す。

「ママね、ちょっと泣き虫なの」

そう言って少女は年齢よりも随分大人びた仕草で肩を竦める。それが微笑ましくて思わず鹿島は笑ってしまった。

朝子の希望で鹿島のコーヒーの料金も彼女が支払った。喫茶店を出ると小さな手がするりと鹿島の指を掴む。驚いて下を向くとひかりが満面の笑みを見せていた。ひかりの右手を朝子が、左手を鹿島が取って並んで歩く。仲の良い家族のような影が地面に落ちていた。小さな手を離してしまわないように、力を入れて壊してしまわないように、鹿島は適切な力を意識しながら彼女の左手を握っていた。

「さと君のおうちはどれ？」

住宅街に入るとひかりはそう言ってきょろきょろと忙《せわ》しなく辺りを見回した。赤い屋根の二階建てが見えてくると鹿島は「あの赤い屋根の家だよ」と指した。するとひかりは鹿島と朝子の手を離し、二人の間をあっという間に抜け出す。そしてまっすぐ家に向かって走り出した。

「ひかり、車がこないかちゃんと確認しなさい」

大荷物の朝子に変わって、鹿島がひかりを追いかけた。家の数十メートル手前でひかりを捕まえる。ひかりが怪我をする前でよかったと安堵し、大きなバッグを肩にかけて歩いてくる朝子を待った。

玄関に足を踏み入れるとき、ひかりは礼儀正しく「おじゃまします」とお辞儀《じぎ》をしてみせたが、家に上がるとよく聞き取れない甲高《かんだか》い声を上げた。もしかしたらきゃあと言ったのかもしれない。リビングに通されたひかりは椅子という椅子に座ろうと試《こころ》み、テーブルの上に飾られているアネモネの花に気付くとそれをじっと見つめる。

「実家に戻ってきていたのね。ご家族は？」

朝子の疑問に鹿島が答える前に玄関のドアが再び開いた。誰が帰ってきたかなんてすぐに分かる。家に戻ってくるよう連絡したのは鹿島だ。リビングにやってきた犬童はソファの上に座っている朝子とテレビの前に立っているひかりを交互に見たあと、なぜか顔を青ざめさせた。鹿島の予想と全く違う表情で人差し指をひかりに向ける。その指先が若干《じゃっかん》震えているように見えるのは気のせいだろうか。

「おい、このチビはアンタの子供っスか？　もしかしてその女は……」

どうやら明後日の方向に勘違いをしているらしい犬童に鹿島は笑いながら「違うよ」と返す。

「彼女は鶴川朝子さん。会社の元先輩で、すごくお世話になっていた人だ。で、彼女の娘のひかりちゃん。しばらくうちにいるからひかりちゃんと仲良くしろよ」

たくさんの情報が一気に入ってきたせいか、犬童は固まった。青くなったり固まったり、忙しないなと思っているとひかりが犬童のもとへと駆け寄り、ポケットから飴玉を取り出す。

「飴玉くれた人だ！」

初対面の人間は、たとえ大人でも犬童の容姿に警戒または怯《おび》えを見せるのに、ひかりは満面の笑みを浮かべている。

「……犬童、知り合いなのか？」

「知らねーっス」

「あのね、飴玉貰ったのよ。もも味！」

ピンクの包み紙を見せびらかして微笑んでいるひかりとは対照的に、犬童は思い切り顔をしかめた。この間ゴーヤを食べさせたときと同じ表情をしている。朝子は犬童とは面識がないらしく、不安を抱いている様子だった。

「ひかり、迷子になったときに飴玉を貰ったの？」

「迷子じゃないもん。散歩してただけよ」

鹿島は朝子に大丈夫だと伝えるために小さく頷いてみせた。出会った頃の犬童にはひかりを預かることは難しかっただろうが、今の彼なら大丈夫だという自信がある。

「あたしは鶴川ひかりっていうのよ。おにーさんのお名前は？」

無邪気《むじゃき》に犬童に纏わりつくひかりの度胸に鹿島は驚いたが、犬童も犬童で逃げ出しもせずにじっとひかりを見下ろしている。

「……犬童健也」

ようやく自分の名前を口にすると、「じゃあケンケンね」とすぐに返され、犬童の表情がまた険しくなってしまった。

「はぁ？　何言ってんだよチビ」

「あたしはチビじゃないもん！　ひかりっていうんだもん！」

怒ったひかりが犬童の足の甲を思い切り踏みつけ、痛みに犬童が蹲《うずくま》る。そして「てめぇ、このチビ！」と怒鳴り、逃げ出したひかりを捕まえて抱え上げた。

きゃあきゃあと楽しそうに笑うひかりと彼女を小脇に抱えたまま黒髪を掻《か》き混ぜるようにして撫でている犬童を見て、朝子もほっとしたようだった。犬童が娘に危害を加えるような人間ではないと判断したのだろう。

「彼はその、鹿島くんの親戚？」

朝子はじゃれ合っている二人を眺めている。親戚ではないと答えると、その視線は二人から鹿島へと移った。

「高卒認定試験を受けるために勉強していて、俺が教えているんです」

朝子は「相変わらず、面倒見がいいのね」と笑い、娘を呼んだ。

「お母さん二週間くらいしたら迎えにくるから、それまでいい子にしていてね」

犬童の腕から離れたひかりは乱れた髪を自分で整えながら朝子の膝に頭をのせる。

「いい子にして待ってるわ。だからね、早く迎えにきてね」

涙を見せまいと気丈に振る舞うひかりに、朝子の方が目を潤ませる。娘に見られないように鞄から取り出したハンカチで涙を拭うと、娘の頭を数回撫でて立ち上がった。

「鹿島くん、犬童さん、娘をどうかよろしくお願いします」

ケーキにナイフを入れるときのようにまっすぐにお辞儀をした朝子に、鹿島だけでなく犬童もつられて頭を下げる。大きなトートバッグの中にひかりの着替えなど必要なものが入っていると説明し、朝子は出て行った。玄関先まで見送りに出たのは鹿島とひかりの二人だけで、犬童はリビングに残った。ひかりは朝子の姿が見えなくなってもしばらく手を振り続け、手を下ろしてからもその場を動こうとはしなかった。玄関先の紫陽花は花の部分だけが茶色に変色している。代わりにアネモネの鮮やかな花弁が風に揺れていた。

「きれいなお花ね」

いつの間にかひかりもアネモネを見ていた。オレンジ色の花が太陽の光に照らされて輝いている。梅雨が終わり、夏がきたのだということを、花を見て思い知る。

「アネモネっていうんだよ。ひかりちゃんも今度植えてみようか」

鹿島の言葉に、ひかりはすぐに笑顔になった。ひかりは「ピンクのお花がいい」と言いながら鹿島の手を握り、朝子が消えていった方角へと背を向けた。

「じゃあ明日は一緒にホームセンターに花の苗を選びに行こう」

その提案に大きく頷くひかりを鹿島は家の中へ招き入れた。

RE:LIFE

犬童はリビングのソファに座っていたが、ひかりが駆け寄ってくるとキッチンへと逃げた。ひかりのために麦茶を用意していると、隣へやってきた犬童が「アイツの母親はどこ行ったんだよ」と珍しく小声で聞いてきたので、鹿島は事情を正直に打ち明ける。彼もまたこの家で暮らしているのだから隠し事はなるべくしたくない。

「何で前もって言わないんだよ」

「話そうと思ったけど、まずは会ってみる方がいいと思ったんだよ。ひかりちゃん、いい子だろう?」

「……アンタって何でも拾ってくるんだな」

犬童はそれ以上何も言わずに、リビングへと戻っていった。ひかりが隣に座ってももう逃げようとはしない。

正直なところ、ひかりを預かることに対して犬童はもっと嫌がるかと思っていたので、あまりの聞き分けの良さに鹿島は驚いていた。それからふと犬童の生い立《おた》ちを思い出した。彼もまた幼少期に母親から祖母へと預けられている。ひかりと似たような経験があるのだ。今のひかりの心情を誰よりも理解できるのは朝子でも鹿島でもなく、犬童なのかもしれない。だからこそひかりが駆け寄ってきても逃げずに付き合ってくれるのだろう。そう考えるとこの家でひかりを預かることは、ひかりと犬童双方のためになるような気もした。

「ひかりちゃん、今日の夕ごはんは何が食べたい？」

普段なら夕食のメニューを決めるのは犬童だが、ひかりがいる間はせめて彼女の好きなものを作ってあげたかった。だが犬童には鹿島の行動の意図が理解できなかったようで鹿島を睨みつけてくる。しかしカレーライスがいいという元気な声が返ってくると、そのメニューで納得したのかすぐに視線を逸らした。思えば犬童の好物は子供が好むものとほとんど同じだ。これからの夕食もきっと犬童の好きなものばかりだろうと思うと何だかおかしくてたまらなくなり、鹿島は噴きだしてしまった。不思議そうに首を傾げ、顔を見合わせる二人の動きがまるで示し合わせたようにぴったりなことも相まって、鹿島は久しぶりに涙が出るまで笑った。

　鹿島がカレーを作るためにキッチンに立つと、ひかりが手伝いを申し出た。だがさすがにまだ幼い彼女に手伝って貰うわけにはいかず、犬童の面倒を見ていてくれないかとこっそり頼んだ。役割を与えられたことが嬉しいのか、ひかりは力強く頷くと、トートバッグから絵本を取り出して犬童に読んであげている。もう平仮名を覚えたのかと驚いたが、どうやら絵本の内容を丸暗記しているようだった。

　二人が喧嘩しないように注意を向けながら鹿島はカレー作りに取り掛かった。カレーのルゥは甘口にして、普段は入れないコーンも入れてみた。最後に目玉焼きをのせてテーブルへと運ぶと、ひかりはすぐに駆け寄ってきて目をきらきらと輝かせる。

「すごぉーい！　めだまがのってるよ！」

「目玉焼きだろ、目玉がのってたら怖いだろうが」

犬童がひかりに突っ込みながら人数分のスプーンを取ってきてくれた。そういうところに気が回るようになったのだなと感心したが、単に我慢ができなかっただけかもしれない。

鹿島が食卓につくのを今か今かと待っていた二人は、鹿島が椅子に腰を下ろすや否《いな》や、「いただきます！」と言ってスプーンを口に運んだ。鹿島ひとりだけタイミングが合わず、苦笑しながら両手を合わせた。

「ケンケン、にんじんさんあげる」

「何すんだよ、チビ！」

「チビじゃないもん！」

まるで保育園の先生になったような気持ちで、鹿島は二人の間へと割って入った。犬童もひかりもにんじんだけを端に避けている。どうやら犬童だけでなく、ひかりも野菜嫌いのきらいがあるようだ。

「全部食べ終えたらデザートのプリンが待ってるよ」

鹿島のその言葉にひかりは「にんじんも？」と上目使いで聞いてきたが、もちろん全部と言ったからには全部だった。

「ほら、カレーと混ぜて食べたら味は分かんないよ」

嫌がる二人にそう声をかけ続けること十五分。犬童が先ににんじんを食べ終え、プリン

を獲得《かくとく》した。犬童に負けたのが余程悔しかったのか、ひかりもすぐににんじんを食べ終え

て涙を浮かべながらプリンの容器を抱える。

「二人ともえらいぞ」

ようやく空になった皿を片付けていると、犬童がひかりのプリンの蓋を開けてやってい

た。「蓋を開けたから一口寄越せ」と言い出した犬童にひかりは赤い舌を突き出す。身体が

大きくて金髪の犬童を、怖がる素振りも見せないひかりが頼もしい。これなら朝子が戻る

までの二週間、きっと上手《うま》くやっていけるだろう。

「おい、大丈夫か？」

皿を洗っているといつの間にか犬童がカウンターの前に立っていた。

「え、何が？」

突然何を心配されたのかわからない。犬童は「今日ずっと変だったから」と返す。

「え、俺が？　俺のどこが変だった？」

予想外の言葉に驚いていると犬童は鹿島の顔を指し、「ずっと変な顔」と言う。鹿島が思

わず自分の頬を撫でると、唇の端が上がっていた。無意識に笑顔を作っている。

「まぁ、何でもねーならいいけど」

犬童はそう言い残すとソファへと戻っていった。

鹿島は両頬を撫でながら、ソファに並んで座っているひかりと犬童の二人をキッチンか

ら見つめた。頬の筋肉がピクピクと痙攣しているのは、一日中笑っていたからかもしれない。自覚は全くなかったが、無理をしていたのだろうか。

最近はずっとこうだった。鹿島の感情や気持ちを鹿島より先に犬童が察してしまう。犬童から言葉を投げかけられてようやく自分の中の変化に気が付くのだ。変化といってもそれは普段なら見逃してしまうような小さなものだ。鹿島本人が気付かないような小さな棘《とげ》や傷にどうしてだか犬童は気が付いてしまう。それは彼自身が繊細《せんさい》だからかもしれない。

「さと君、スプーン洗って?」

いつの間にかキッチンへ入ってきたひかりが子供用の小さなスプーンを差し出している。それを受け取り、黒い髪を撫でながら鹿島は笑顔を作った。

「片付けが終わったら絵本を読んであげるからね」

鹿島の言葉にひかりは分かりやすく喜び、両手を上げてきゃあ、と可愛らしい声を上げた。絵本を読んで貰えることが余程嬉しいのか、ソファに戻るとゲームを始めて上の空の犬童相手に自慢話のように何度も語る様子は微笑ましい。自然と口元が緩み、作り物ではない笑顔になる。

ひかりを預かることにしたのは間違っていなかった。こんな風に穏やかな時間を過ごすことができるようになったのだから、正しい選択だったのだ。笑い声を上げている二人を見つめながら鹿島は自分に言い聞かせるように心の中で繰り返した。

❖

光が閉じた瞼の裏を柔らかく彩る。朝がきたのだと気付いて瞼を開くと、隣には小さな頭があった。夢の続きだろうかと微睡《まどろ》みながら細く柔らかな髪を撫でる。そうしているうちに段々と頭が冴えてきて、彼女の名前を思い出すのだ。

「ひかりちゃん、おはよう」

寝返りを打ち、薄《うっす》らと目を開いたひかりに声を掛けると、彼女は頭までタオルケットを被ってしまった。籠城《ろうじょう》されたら仕方がない、と鹿島は起き上がって朝の支度に取りかかる。

顔を洗い、髭を剃《そ》ってから和室を覗いてもまだタオルケットは丸くなったままだった。

昨晩アイロンをかけたシャツとズボンに着替えた頃には犬童も二階から下りてきて、甚平姿のまま六枚切りのトーストを半分に切り分けて朝食の用意を始める。正確には彼とひかりの二人分の朝食だ。食事は一緒に取ろうという約束をしているわけでもないのに、彼は律儀《りちぎ》に朝になるとキッチンに立つ。

フレンチトーストの甘い匂いがキッチンに充満する頃になると、頑《かたく》ななタオルケットが綻《ほころ》び、僅かな隙間から黒い髪が覗く。そして犬童が「チビ、出来たぞ」と声を掛けるとその隙間から小さな顔が覗くのだ。

「ふれんちとーとできたぁ？」

「フレンチトーストだろ。チビ、さっさと顔洗え」

小さく頷いたひかりはようやく和室を出て洗面台の前に立つ。水で顔を洗い、瞼をきつく閉じたままタオルを探す小さな手に新しいタオルをのせてあげると、ひかりは「さとくんありがとう」と満面の笑みを浮かべた。

「どういたしまして」と返して共にリビングへと向かうと、犬童が貧乏ゆすりをしながら待っていた。気が短いくせにきちんと待っている犬童の姿に、吹き出しそうになるのを必死で堪える。

「わぁ！　おいしそう！」

寝起きの不機嫌そうな顔はどこへやら、ひかりはすっかり上機嫌で鼻歌を歌っている。上達した犬童のフレンチトーストは喫茶店で出されるものと比べても遜色《そんしょく》ない出来栄《できば》えで、ひかりが喜ぶのも分かる気がする。最近はバニラエッセンスやらを投入したり、卵にこだわったりしているらしいから、味も格段に上がっているんだろう。

「さとくんはいつも納豆なのね」

「小さい頃から朝は和食だったから納豆食べなきゃ朝がこないんだよ」

犬童がフレンチトーストにこだわるように鹿島もまた納豆にはこだわっていて、新しい納豆を発見すると試さずにはいられない。今日の納豆は会社近くのスーパーで発見したもので、豆が大きく食べごたえがありそうだ。

「いただきます！」

ひかりの明るい声が食卓に花を添える。犬童と二人きりで食べていたときとは家の中の明るさが格段に違う。

小さな足をリズム良く揺らしてひかりはフレンチトーストにかぶりついた。ひかりが美味しいと目を丸くすると犬童は満足そうに鼻を鳴らす。三人で朝食を取るようになってまだ数日だというのに、すっかり日常になってしまったから不思議だ。犬童がこの家に溶け込むのも早かったが、ひかりはそれを上回る速度で鹿島の日常に馴染んでいる。

「今日もね、公園行きたい」

「近くのでいいだろ」

「嫌よ。いつもの大きい公園じゃなきゃ」

牛乳の入ったコップを両手で持ったまま、ひかりは頬を膨《ふく》らませて不満を訴える。犬童とひかりが睨み合い、いつもと同じように犬童の方が先に視線を逸らした。鹿島は未だに犬童の鋭い瞳に怖気《おじけ》づくことが多い。だから犬童と睨み合った末に勝ってしまうひかりに感心せずにはいられない。

鹿島が食器を洗っていると、ソファで寛いでいた犬童がいつの間にかキッチンにやってきていた。冷蔵庫を開けたり、戸棚を開けたりしているが、特に必要なものはないらしく、扉はすぐに閉められる。はじめは何をしているのだろうと思ったが、しばらくして話したいことがあるのだと気付いた。こういうとき、どんな風に話し掛けていいのかすら分からないのか。犬童の幼さを目の当《ま》たり《あ》にする度、鹿島は彼に手を差し伸べてやりたくなる。

「ひかりちゃん、公園が好きみたいだね」

話し掛けるときっかけを得た犬童はすぐに隣に並び、「あいつ、市立病院の隣の公園しか行かねーんだよ。何か理由でもあんじゃねーっスか」と鹿島の手元を見ながら答えた。犬童はそれが聞きたかったんだなと思うと彼の心根の優しさが伝わってくる。彼は彼なりにひかりに向き合い、そして心配しているのだ。

「病院に知り合いとかいるんじゃねーの」

「そういう話は聞いていないけど、今夜電話があったら聞いてみるよ」

小さな声で「おぅ」と答えた犬童は、話が終わったにもかかわらず、鹿島の隣で何をするわけでもなく突っ立っている。まだ何かあるのだろうかと犬童の顔を覗きこむと、気まずそうに顔を逸らしたが立ち去ろうとはしない。

「……布巾《ふきん》で拭いてくれるか？」

濡れた皿を手渡すと犬童はようやく使命が与えられたかのように「おぅ」と頷く。

彼は人との接し方を知らなすぎる。一声かけることすらできない犬童はまるで小学校低学年の子供のようだった。四歳のひかりの方が二十歳の犬童よりコミュニケーション能力が高いようにすら思う。犬童の将来にますます不安を覚えながら、鹿島は犬童の大きな手が布巾を使って皿を拭いている様子を眺めていた。

ひかりが鹿島の家にやってきてから、夕食時にその日何をしたかを報告するようになった。ひかりは楽しそうに一日の報告をしてくれる。たとえば、雨上がりの空に虹《にじ》が掛かったこととか、蝉《せみ》の声が大きかったこととか、きれいな花を見つけたこととか、些細なことさえ大事件のように両手を大きく動かしながら語る。鹿島にとってはひかりの瞳に映る世界を教えてもらえる貴重な時間で、それを毎日聞いているうちに互いに報告し合うようになったのだ。

ひかりの報告が終わると次は鹿島の番だ。会社で耳にした話題のうちひかりが興味を示しそうなことを話し、会社で配られた出張土産を犬童とひかりに渡す。ひかりとは違って代わり映えしない内容だが、それでもひかりは鹿島の話を聞きながら大きく頷いてくれる。自分の話に興味を持って貰えることがこんなに気持ちがいいものだということを、鹿島は久しぶりに思い出した。

「次は犬童の番だぞ」

「ケンケンは今日もおべんきょうしてたのよ」

「何でチビが報告すんだよ」

「チビじゃないもん！」

怒っているのだと示すために膨らませたひかりの頬を犬童が指で押し潰すと、ぷぅ、と音が漏れた。つり上がっていたひかりの眉が下がり、ひかりを睨んでいた犬童も顔を逸らす。丸い頬に添えられた指が小刻みに震え、すぐに笑い声が生まれた。笑い声は徐々に大きくなり、呼吸困難の一歩手前のようになったひかりが鹿島の腕の中に飛び込んでくる。

「チビがおならした！」

「してないもん！　でもおならみたいだったぁ！」

大きな口を開けてケラケラと笑い続けるひかりの髪が腕の中で揺れる。震える小さな背を撫でていると犬童が「アンタも笑ってんじゃん」と長い指で鹿島の顔を差した。その指摘通り、鹿島も笑っていた。しばらく笑い続けたあと、笑い疲れたひかりが鹿島の腕に身体を預けた。小さな手がシャツを握り、「面白かったぁ」と息をつく。全力で笑ったためか、額に汗が浮かんでいた。テーブルの上にはまだハンバーグが半分も残っている。しかしそれを完食するには休憩が必要だ。それはひかりだけでなく、犬童や鹿島も同じだった。

いつの間にか空になっていたコップに緑茶を注《そそ》いで無言のまま休んでいると、突然鹿島のスマートフォンに着信が入った。鹿島に凭《もた》れていたひかりの身体が強張ったのが分かる。

キッチンカウンターに置いていたスマートフォンのディスプレイには、鶴川朝子の名前が表示されている。通話ボタンを押して手のひらサイズの機械を耳に押し当てて振り返ると、ひかりが息を潜めて様子を窺っていた。ひかりを鹿島へと預けてからというもの、朝子は毎晩の電話を欠かさない。それでもひかりは電話が鳴る時間帯になると物音がする度に身体を強張らせる。その理由を問うとひかりは「ママじゃなかったら悲しくなるから、だからママじゃないかもって思うようにするの」と答えた。電話がかかってくる度に母親からかもしれないという期待と、もしそうでなかったらという不安が彼女の小さな胸を掻き乱しているのだろう。

「ひかりちゃん、電話だよ」

朝子との挨拶もそこそこにひかりへとスマートフォンを差し出すと、ひかりは普段より強張った声で「ママ」と呼び掛けた。今日はどんな日だったのかしら、という問いかけに答える声には母親と話せる歓びだけでなく、同じくらいの緊張があった。犬童は瞬きひとつもせず、耳を欹《そばだ》てている。やはりひかりの気持ちを一番理解しているのは鹿島ではなく犬童だ。犬童の真剣な表情にそんなことを思う。

「さとくん、お母さんがかわってって」

「おやすみなさいは言えた？」

「うん！」

ようやく緊張が解けたのか、満面の笑みを見せるひかりの頭を撫でてスマートフォンをびかける。
受け取る。ひかりが犬童のもとへと駆けていくのを眺めながら、鹿島は電話の朝子へと呼

「あの子毎日が楽しいみたい。良くしてくれてありがとう、鹿島くん。犬童さんにもお礼を言って貰えるかしら」

聞こえてきた朝子の声からは疲れが滲み出ていて、鹿島はそれが気になった。疲れていませんかと尋ねると、一呼吸置いたあとに朝子はそうかもしれないと答えた。

「母の容態が急変して意識が戻らなくなってしまったの。でも覚悟を決める時間があったから何とか受け止められているわ。母は私の結婚に反対で、それ以来連絡を取っていなかったから、こうやって看取ることができるなんて……鹿島くんと犬童さんがこの時間を作ってくれたお蔭です。本当に何とお礼を言っていいか分からないわ」

「俺も犬童も出来ることをしているだけです」

朝子の母が末期ガンでかなり危険な状態だということは聞いていた。延命処置はせず、息を引き取るまで側で看病を続けたいという朝子の気持ちを鹿島は汲んでやりたかった。親の死を看取ってあげられるのなら、そうすべきだ。それは朝子だけでなく、朝子と母親双方のためにそうするべきだと思ったのだ。

「そういえば、ひかりちゃんは毎日市立病院の側にある公園に行きたがるんですが、何か理由でもあるんでしょうか?」

少し考え込んだ朝子が「もしかしたら、猪野《いの》さんを心配しているのかもしれない」とひとり言のようにぽつりと返した。

猪野文《ふみ》は、朝子とひかりが入居しているアパートの大家だそうだ。アパートの一階に住んでいる猪野はシングルマザーとして奮闘している朝子の数少ない理解者のひとりであり、朝子が仕事に出ている間、ひかりはほとんどの時間を猪野に預けられていた。祖母を知らないひかりにとって「おばあちゃん」といえば猪野のことであり、本当の祖母と孫のような間柄だったらしい。

「本当は今回も猪野さんにひかりを見て貰うことになっていたんだけど、猪野さんが足を骨折してしまって、それで鹿島くんにお願いしたのよ。猪野さんが入院しているのが市立病院だからひかりはそれが気に掛かっているのかもしれないわ。時間がなくてお見舞いも結局私一人で行ってしまったから……」

朝子との通話を終えてテーブルに戻ると、ひかりはすっかり元気を取り戻していた。冷めたハンバーグを電子レンジで温めて夕食を再開すると、あっという間に平らげて本日のデザートであるシュークリームを頬張る。

「ひとくち寄越せよ、ちび」

「やだもん」

子供同士のような会話をしながら犬童とひかりはソファの上でじゃれ合っている。鹿島はその様子を皿を洗いながら眺め、片付けが終わると二人の名前を呼んだ。

「明後日は土曜日だろう？　俺も一緒に公園に行っていいかな」

　鹿島の提案にひかりは大きく頷いて「もちろん」と答える。犬童は鹿島が行くのであれば自分は行かないと言って聞かなかったが、鹿島が市立病院にも寄ろうと提案すると黙り、ひかりの強張った横顔へと視線を向けた。

「猪野文さん。ひかりちゃんがお世話になっている人が入院しているって聞いたよ。ひかりちゃんは公園に行きたいんじゃなくて、本当は猪野さんのお見舞いに行きたかったんじゃないのかな？」

　お気に入りのピンクのワンピースの裾《すそ》を握り締めて俯いたまま、ひかりはしばらく反応を見せなかった。しかし鹿島が病院に行く時間や、花を買う店などを具体的に提案していくととうとう顔を上げた。潤んだ大きな瞳が鹿島を見つめ、「だめなの」と涙を零す。

「どうしてだめなのか、俺に教えてくれる？」

　泣きじゃくるひかりを抱え上げ、鹿島は静かな声で尋ねた。するとひかりは丸めた手で涙を拭いながら「ひかりのせいなの」と唇を噛み締めた。

「おばあちゃんが転んだの、ひかりのせいなの。ひかりがおもちゃを片付けなかったからおばあちゃん転んだの。だから病院には行かないの。だっておばあちゃん、ひかりのこときらいに、なっちゃったからぁ」

堪えられなくなったのか大きな声で泣きはじめたひかりの背を鹿島は優しく撫でた。大丈夫だという気持ちを込めて何度も何度も背中を撫でる。

「ひかりちゃんはおばあちゃんに嫌いって言われたの？」

小さな頭が左右に揺れる。それを見届けて鹿島は「きちんとごめんなさいはできた？」と更に質問を投げかけた。ひかりは俯いたまま答えず、泣き続けるだけだ。

「ごめんなさいができたらきっとおばあちゃんは許してくれると思うけどな」

「ほ、ほんと？　さとくん、ほんと？」

涙で濡れた手のひらが鹿島の首に添えられて大きな目が顔を覗き込む。目元は既に赤く腫れていて痛々しい。

「俺はそう思うよ。だから土曜日に病院に行こう。おばあちゃんに会いに行こう。大丈夫、俺も犬童も一緒だから」

鹿島の首に両腕を回し、まだ涙を零しながらひかりは小さく唸っている。すぐには覚悟は決まらないだろう。ずっとひとりで苦しみを抱え込んでいたのだ。それが消えるまで背を撫でていてあげたい。しかしひかりの涙を止めたのは鹿島の手ではなく、犬童の一言だった。

「あー美味かった」

その一言にひかりの視線は鹿島から犬童へと移り、鹿島の耳元にあった小さな口から大きな声が上がった。
「あー！　ひかりのシュークリーム！　ケンケンが食べたぁ」
「泣いているからいらないんだろう」
「いるもん！　ひかりのシュークリームだもん！」
子供の甲高い声に耐えられず、鹿島はひかりを床へと下ろす。ひかりは犬童に駆け寄り、
「ケンケンのばかー」と彼の肩を両手で叩き始めた。金髪で大柄な男相手に全力で怒ってい
るひかりに、とてもじゃないが同じことはできないな、なんて考えていると、突然二人が
鹿島を見た。真剣なまなざしに気圧《けお》されて思わず後退《あとずさ》りすると、小さな手が右手を、大き
な手が左腕を掴んだ。
「さとくん、ケンケンが悪いんだよね？」
「俺、悪くないっスよね？」
犬童の場合、本気で悪くないと思っているところが性質が悪い。泣いている内に人に食
べられるのはしょうがない、というのが彼の言い分だ。彼の育ちを考えると仕方がないこ
とだが、それを許すとこの家が戦場と化してしまう。鹿島は穏やかに生活を営みたかった。
「犬童が悪い」
鹿島の言葉に、犬童は驚いたように口を開け、眉を下げた。その表情は雄弁にショック
を受けましたと伝えてくる。

「犬童のシュークリームの半分をひかりちゃんに分けろよ」

「うぇ、俺絶対悪くないのに」

唇を突き出してあからさまに不機嫌になった犬童を、ひかりが「人のものを食べちゃダメなのよ！」と叱っている。四歳の女の子に叱られている不良の図は笑ってはいけないと思う程に笑えてしまうから困った。ひかりはどうして人の物を勝手にとってはいけないかということをせつせつと犬童に教える。その大半は絵本やテレビで見聞きしたことのようだったが、それを彼女の口から話すことが重要だった。話すことでそれらが彼女の中に根を張ることになるからだ。

「すまんかった」

犬童がひかりにシュークリームを半分分け与えて謝ると、ひかりは「許してあげる」と微笑む。二人がソファに並んで座り、シュークリームを頬張っているのを鹿島はすぐ傍で見ていた。柔らかな頬についたクリームをティッシュで拭ってあげるとひかりは「さとくんありがとう」と笑顔を見せる。

「犬童のことを許してあげるんだね」

「だってケンケンごめんなさいができたもの」

そこまで口にしたところで彼女も先程の話を思い出したのだろう。鹿島を見上げた瞳が不安そうに揺れている。僅かに赤が残る目元はまだ乾いてはいなかった。

「土曜日にはひかりちゃんもごめんなさいをしようか。大丈夫だよ。俺も犬童も一緒だからね」

犬童は「勝手に俺も加えるんじゃねー」とぼやいていたが、それでも当日にはきてくれると分かっている。ひかりの不安が強くなったときに気を紛らわせるような言葉を与えるのはいつだって鹿島ではなく、犬童なのだ。

「大丈夫だよ。それにひかりちゃんもうお片付けも上手になったじゃないか。そのこともちゃんと伝えようね」

小さな頭が頷くのを見届けたあと、鹿島は何気なく犬童へと視線を向けた。すると犬童は鹿島よりもずっと真剣な表情でひかりを見ている。鹿島の視線に気付くと気まずそうに顔を逸らしてしまったが、すぐにこちらを向いた。

頼むよ、と唇の動きだけで伝えると、犬童は「しかたねーな。俺もついていってやるか」と腰を上げる。

「もし許して貰えなかったら俺がボッコボコにしてやるよ」

「ケンケンそれはダメよ！」

ひかりは慌てて顔を上げ、「殴《なぐ》っちゃダメなのよ」とシャドーボクシングを始めた犬童の脚に抱き付く。子供ひとり分の重さなどものともせずにシャドーボクシングを続ける犬童と、彼の脚にしがみついて暴力反対と訴えるひかりのやり取りは、鹿島が犬童に「さっさと風呂に入ってくれよ」と言うまで続いた。

犬童のあとにひかりを風呂に入れた。普段はアニメの歌を歌ったりして騒がしいひかりが、今日は一言も話そうとはしなかった。お風呂を終えてパジャマに着替えたあとにようやく力ない声が「さとくん」と言った。

「ねぇ、さとくん、ケンケンがおばあちゃん殴っちゃったらどうしよう」

泣き出しそうな顔で相談されれば真剣に向き合わないわけにはいかない。鹿島はひかりの髪を乾かす手を止めてしゃがみ込む。髪はまだ濡れているひかりの髪から、水滴が垂れて首筋を伝う。それをタオルで拭いながら、鹿島は大丈夫と答えた。

「犬童は許して貰えなかったらって言っていただろう？　だから許してもらえるようにごめんなさいすればいいんだよ。もし不安なら練習をしてみようか？」

「練習、していいの？」

「もちろんだよ」

不安が紛れたのか、ひかりはようやく笑顔を見せてくれた。土曜日に病院を訪ねるまでは本当に不安が拭われることはないだろうけれど、何とか気を紛らわせてあげたいと鹿島は思っていたし、きっと鹿島以上に犬童の方がそう考えているに違いなかった。

ひかりを寝かしつけてからリビングへ戻ると、犬童がプリントを持って待っていた。犬童は真面目に勉強を続けていて、鹿島はひかりが眠ったあとの時間に彼の勉強を見ている。

高校三年の卒業間近で退学したという犬童の基礎学力は鹿島の想像よりもずっと高かった。得意科目は数学と理科、そして苦手科目は国語と英語だ。数学の場合は解き方を一度見せればすらすらとこなしていくのに対し、国語と英語は停滞気味だ。英語はある程度の文法と単語を覚えてしまえば楽だし、犬童は暗記が苦手というわけでもないのだが、苦手意識が邪魔をしているらしい。国語に至っては文章をきちんと読まないせいでケアレスミスを連発する。

「一番の問題は英語の苦手意識だと思うんだよ。んー、ひかりちゃんと一緒に子供向けの英語番組を見てみるのはどうかな。多分とっかかりを掴む方がいいと思うんだ」

「チビと一緒にっスか」

突っぱねられるかと思っていたが、意外にも犬童は嫌だとは言わなかった。

「……俺よりチビのが英語上手くなったら嫌なんスけど」

犬童が唇を尖らせて拗《す》ねたように呟く。子供のようなその表情を見る度に鹿島は嬉しくなる。最初の頃に睨まれてばかりだったからかもしれない。心を許して貰えたような気がするのだ。

「それはどれだけ真面目に番組を見るかにかかっているんじゃないか？」

真面目に子供向け番組を見ている犬童を想像すると口元が緩みそうになる。どうにか番組を一緒に見れないものかと考えていると、犬童が「録画してもいいっスか」と聞いてきた。

「繰り返し見た方が頭に入ると思うんで」

見かけによらず犬童は常識があるし、勉強に対する姿勢もとても真摯だ。そんな彼が高校を退学した理由を鹿島はまだ聞くことができずにいた。どんな心構えをしたらいいのかが分からない。犬童と違って鹿島は周りに恵まれて生きてきたから、彼の口から語られることに一々驚いてしまう。聞く側が動揺したら、犬童も話しづらくなってしまうだろう。

「猪野さんでしたっけ」

思考に耽《ふけ》っていた鹿島を引き戻したのは犬童のその言葉だった。犬童はプリントを伏せ、テキストをパラパラ捲りながら視線を壁に掛けられたカレンダーへと向けている。二日後の土曜日は大きな赤い丸で囲われ、病院とだけ書かれていた。

「土曜、病院行くんスよね。病室は？」

「あぁ、先輩に聞いておいた。付き合わせて悪いとは思うんだけど、犬童もきてくれると助かるよ」

返事がないので黙って待っていると犬童はカレンダーを見つめたまま「俺のばーちゃんも骨折して入院したんスけど、そのまますぐボケちまったんスよね。じーちゃんばーちゃんって骨が治りにくいらしいっス。猪野さんがボケてないといいんスけど」と呟く。鹿島の視線に気が付くと「心配してるわけじゃないっス」なんて取って付けたように続けるので、鹿島は声を出さずに、唇の端を少し持ち上げた。

勉強が終わったあとは、二人で紅茶やコーヒーを一杯飲む。この時間が鹿島は好きだった。全く違う生き方をしてきた犬童の話を聞いて自分がどれだけ恵まれていたのかを知った。自分を知ることにおいて、他者と過ごす時間は必須《ひっす》なのかもしれない。犬童と一緒にいることで気付けたことは大なり小なり幾らでもある。たとえば、偏見《へんけん》を持たないよう意識していたくせに結局色眼鏡で人を見てしまっていたこととか。

「犬童はすごいな」

ぽつりと漏らした一言に犬童は目を丸くしていた。

「俺は家族に恵まれて育ったから君がタフに見える。でもそれは違うんだって気が付いたよ。君が繊細だということもひかりちゃんのことを守ってくれているってことも、俺はちゃんと知っているよ」

マグカップを両手で持って、視線だけを向けると、犬童は何故か顔を赤くしている。こんな言葉に照れるなんて可愛いところもあるじゃないか。

「何ていうか、チビはちょっと俺に似てるんスよね。でもだから母親がちゃんと戻ってくればいいいと思うっス」

犬童は自分の言葉に耐えきれなかったのか更に顔を赤くし、「忘れてください」と言って腰を上げた。

「あ、あとアイツ俺にはめっちゃわがままっスよ！」

「もしかしてそういうところも犬童に似ていたりするのか？」

鹿島が首を傾げると犬童がぐっと黙り込んだ。図星《ずぼし》だったようだ。

「……もう寝るっス！」

「せっかく犬童と二人で話せる時間だったのになぁ」

くるりと勢いよく振り返った犬童が抱えていたテキストやプリント類を床にばら撒《ま》いたので、鹿島は笑いながらそれを拾うのを手伝ってやった。プリントの最後の一枚を拾い上げ、犬童へと差し出す。

「冗談だよ。もう遅いから寝よう」

時計を確認すると既に零時を過ぎていた。

「鹿島さん、おやすみなさいっス」

犬童の口からさらりとその言葉が出たことに驚いていると、犬童はそれ以上何も言わず階段を駆け上がっていった。

「鹿島さん、ね。初めて言われたなぁ」

今まではお前とかアンタと呼ばれていたから、急に名前を呼ばれたことに驚いた。そういえば、最近は崩れているものの彼なりの敬語を使っているようにも感じられる。犬童は良い方へと確実に変わってきている。それが鹿島は嬉しかったし、それに犬童が「鹿島さん」と呼ぶ声の響きがとても心地良かった。

❖

色とりどりの花が溢れた店内でひかりはかれこれ三十分もの間、首を傾げながら花を見ていた。お見舞いと言えば花、ということで訪れたのはいいが、こんなにたくさんの花を見るのは初めてだというひかりは目移りしてしまって中々決められないでいるのだ。店員さんに見繕って貰おうかと提案してみたが、メインの花は自分が決めたいと言って聞かない。女性の店員さんが「ゆっくり選んでください」と言ってくれたことが救いだった。犬童は耐えきれないと言って店から出ていったきり戻ってこない。適当に時間を潰してくると言っていたからコンビニにでも行ったのだろう。

「さとくん、決められないよぉ」

シャツの裾を掴んだひかりが涙目で鹿島を見上げる。どうしたらいいのか分からなくなったと訴えるひかりを抱き上げ、鹿島はひかりの好きなピンクの花の前へ移動した。

「ひかりちゃん、ピンクの花なんてどうかな」

「うん、ひかりピンク好き」

百合やガーベラなどピンクの花を見せて貰ったあと、ひかりに気に入ったものはないかと訊いてみると小さな指がひとつの花を指す。

「この花、さとくんのおうちに初めてきたときにあったね。ひかり、このお花好きよ」

「アネモネですね」

二人を見守っていた店員が笑顔で答える。アネモネ、と鹿島が繰り返すとひかりが鹿島を見つめた。

「ではこの花をメインに花束を作って頂けますか？」

「承知いたしました」

店員がアネモネをメインにした小振りな花束を作成している間、ひかりは彼女の手元をじっと観察していた。カスミソウやスイートピーなど、淡い色の花たちがアネモネのピンクをさらに引き立てていく。

「さとくん、アネモネってどういう意味？」

「アネモネはギリシャ語で風っていう意味だよ。花弁が大きくて風に良く揺れるんだろうね」

自分が知っているわずかな情報を教えるとひかりは「さとくん物知り！」と声を弾ませて尊敬の眼差しを向けてくる。鹿島は笑顔を返したつもりだったけれど、それが上手くいっていないことくらい気が付いていた。アネモネの花に纏《まつ》わる思い出が多すぎて上手く処理できなくなるのだ。

アネモネは妹が好きな花だ。だからアネモネの花が咲く時期はプランターで育てたり、テーブルの上に飾ったりしている。しかしあの風に踊る花びらを見ていると思い出したくないことまで思い出してしまう。だからはじめからなかったように、思い出してしまわないように、再び心の奥底へと仕舞い込み、何もなかったように笑うのだ。

花とクッキーを手に市立病院を訪れるとひかりは口数を減らし、緊張からか鹿島の手を強く握り締めた。ナースステーションで病室を尋ねる間もひかりは俯いて顔を上げない。三階にあるという病室に行くために階段を上がっている途中で足を止めたときはすっかり涙目になっていた。

「さとくん、やっぱり帰りたい」

病室に行きたくないと繰り返すひかりはすっかり臆病《おくびょう》になっていた。おもちゃに足を取られて転んだおばあちゃんが目の前で痛みに声を上げたときのことが彼女の頭にこびりついているらしく、許して貰えるはずがないと思っているのだ。

「……ひかりちゃん、後に回せば回すだけごめんなさいは難しくなるんだよ」

鹿島がひかりを抱き抱えて言い聞かせてもひかりは首を横に振るだけだ。花束とクッキーの箱を持たされた犬童は、階段の少し下で足を止めたまま鹿島とひかりを見ている。いやだ、と言って聞かないひかりに無理強いはできないと鹿島がため息を吐いたときだった。大人しく事の成り行きを見守っていた犬童が突然足を進めた。踊り場で足を止め、鹿島とひかりを見下ろす。そして彼はにやりと笑ったのだ。

「じゃあ俺がばあちゃんぶっとばしてくるよ」

そう呟き、あっという間に階段を駆け上がっていく。ひかりの小さな握りこぶしが鹿島の胸を叩く。

「さとくん、ケンケンがおばあちゃんをぶっとばすって！　止めなきゃ！」

鹿島の腕から降りたひかりが必死に階段を駆け上る。さっきまでは行きたくないと泣いていたのに、今は犬童を止めることしか考えてないようだ。

「ケンケン、だめぇ！」

声を上げながら飛び込んだ病室は大部屋で、患者や見舞客らの視線がひかりへと集中する。犬童が四人部屋の窓側のベッドの傍らに立っていた。肩で息をしているひかりはまだ涙目のまま「おばあちゃんを殴っちゃだめぇ」と犬童の脚に飛びついた。

「殴ってねぇよ、ほら見ろ。ばあちゃん元気だろ」

「あらあら、ひかりちゃん。走ってきたのねぇ。髪を直してあげましょう」

上体を起こした初老の女性は紙袋の中からブラシを取り出して微笑む。

「おば、おばあちゃん」

「はいはい。どうしたの、ひかりちゃん」

深い皺が刻まれた手のひらが差し出されると、ひかりはとうとう泣き出してしまった。大粒の涙をこぼしながら、「おばあちゃん、ひかりを嫌いにならないで」と繰り返す。ひかりをベッドに座らせて、小さな体を抱き締めた女性は「嫌いになんてならないわ」と柔らかな声でひかりを宥めた。

鹿島は「猪野文」と書かれたネームプレートがベッドに掛かっているのを確認した。この女性がひかりの面倒を見てくれたという大家なのだろう。白髪交じりの髪は短く、目元の皺が穏やかな印象を与える。足はまだギプスが取れていないようだったが、表情や声にパワーがあって弱々しい印象はない。

「おばあちゃん、ごめんなさい。許してくれる？」

ひかりは猪野にしがみ付いてごめんなさいを繰り返す。猪野はひかりの髪を撫でながら微笑んでいた。

「もちろん許すわ。もうすぐギプスが取れるの。おばあちゃんは強いんだから」

ひかりがようやく泣き止むと、猪野は椅子から荷物を退《ど》けて鹿島と犬童に座ってくださいと勧めたが、犬童は窓際から動こうとしなかった。仕方なく挨拶を終えた鹿島だけが腰を下ろす。

「あらまぁ、朝子ちゃんが言っていた方ね。ひかりちゃんは仲良くしているかしら」

猪野はまるでひかりの本当の祖母のようだった。もし上手くいっていないのならすぐにでもひかりを連れて帰る、と言い出しかねないくらいの意志の強さが垣間見える。

「ひかりね、さとくんとは仲良しよ！　ケンケンはね、すぐにひかりのお菓子食べちゃうの！　おばあちゃんからも怒ってよ！」

「あらまぁ、育ち盛りかしら」

「俺はもう大人なんだよ！」

猪野の言葉にも食って掛かろうとする犬童を宥めたあと、鹿島は花瓶《かびん》に花を活《い》けるために病室を離れた。ひかりは一旦付いてきたが、すぐに病室へと戻ってしまった。花束を活けて病室に戻る途中、鹿島は廊下でひとりの看護師に呼び止められた。

「猪野さんのお見舞いですか？」

「はい」

鹿島が頷くと看護師は良かった、と息を吐いた。

「猪野さん、入院して三週間経つのに、見舞いの方がいらっしゃらないから心配だったの。良かったわ」

呼び止めてごめんなさいね、と颯爽《さっそう》と立ち去る看護師を見送り、鹿島は病室へと戻った。開いた窓にかかったカーテンが大きく膨らみ、夏の風が病室へと流れ込む。それでも薬や消毒薬の匂いといった病院独特の匂いが消える訳ではない。咳《せき》の音や患者に呼びかける看護師の声に交じってどこからか蝉の声が聞こえていた。

猪野は骨折したと朝子は話していたが、実際には骨にヒビが入っただけで済んでいた。ギプスが取れたらすぐにリハビリが始まり、早くて三週間後には退院できる見込みだという。ひかりはギプスが気になるらしく、時々手で触っては猪野に「痛い？」と尋ねていた。

花を飾り、見舞いの品であるクッキーを渡すと、猪野はみんなで食べましょうとすぐに箱を開けた。

「飲み物がいるわねぇ。すぐそこに売店があるからみなさん買ってらっしゃい」

猪野が財布からお金を取り出そうとしたので鹿島は止めたが、猪野は年長者に甘えなさいと言ってひかりに千円札を渡した。

「さとくん、私おつかい行ってくる！」

千円札を握りしめてひかりは興奮しながらそう言った。

鹿島は緑茶、猪野はリンゴジュース、犬童はコーラを頼み、それをしっかりと覚えてひかりは病室を後にした。帰りが遅いときはすぐに迎えに行くと約束をして、鹿島は腕時計で時間を確認する。五分経っても戻らなかったらすぐに病室を出ようと決めていた。

初対面の猪野と何を話せばいいのか考えていると、鹿島よりも先に犬童が口を開いた。

「ずっと聞きたかったんスけど、チビじゃなくて、ひかりってわがままじゃないっスか？」

鹿島が驚いたのは犬童の言葉にではなく、「そうね」と肯定した猪野に対してだった。鹿島はひかりに対してわがままだという印象は持っていない。年相応に気難しいところもあるが、素直で優しい子だと思っていた。

「あら、あなたは驚いたって顔しているわね」

猪野は鹿島の顔を見ていたずらっこのように微笑んだ。

「わがままだなんて思ったことなかったものですから」

素直な気持ちを伝えると猪野が小さく頷いた。

「あなたにはそうかもしれないわね」

「ひかりは鹿島さんの前ではいい子なんスよ。俺の前だとわがままばっかりのくせに、鹿島さんが帰ってくるといい子にしてましたって顔してんスよ。ばあちゃんは、あのわがままを全部聞いてたんスか？　母親に言い付けてはいないんスか？」

犬童が椅子に腰を下ろして真剣な眼差しで猪野を見る。

そういえば一度、ひかりがわがままだと犬童が言ってきたことがあった。鹿島が知っているひかりは好奇心旺盛《こうきしんおうせい》ながらもちゃんとルールを守るし、ダメだと言われたことは絶対にしない。だから鹿島は犬童の言うことをまともに取り合わずにからかってしまった。

もしもひかりが犬童に対して本当にわがままを言っているのなら、それくらい心を許しているということではないだろうか。その反対に鹿島には心を閉ざしているからわがままを言わないのではないだろうか。ひかりのことを大切にしていたからこそ、ひかりが心を許してくれていると信じていたからこそショックを受けた。

「あの子は賢い子よ。母親が忙しいことも、それが自分のためだということもちゃんと理解しているわ。だから朝子ちゃんには甘えられないのよ。でも誰だって誰かに愛されたいし、わがままを言ってどこまで許されるか試したくなるものなの。その対象が私と犬童くんなのかも知れないわね。犬童くんは大変かもしれないけど、あなたにどこまで許されるか、愛されているのかをあの子は試したいのよ。それはね、裏を返せばあなたが大好きってことなのよ」

まるで秘密を打ち明けるように、猪野は優しく犬童を諭《さと》した。貴方にも覚えがあるでしょう、という猪野の言葉に犬童はあからさまに顔を逸らす。思い当たることがあったのだろう。犬童はひかりが自分に良く似ていると話していたし、誰かに同じような態度を取ったことがあるのかもしれない。

「鹿島さんに甘えないのはあなたが忙しいことを知っているからよ。忙しいあなたに愛されたいからいい子でいようとするの。鹿島さんと犬童さんの前で態度が違うとしても、理由は一緒なの。あの子はあなたたち二人が大好きで、愛されたいのよ」

確かにショックを受けていたが、それを表情に出したつもりはなかった。なのに、猪野はすぐに見抜いてフォローしてくれる。それは少し気恥ずかしさを覚えるくらい的確な言葉だった。

「ばあちゃんはひかりのわがまま全部聞いていたんスか？」

犬童はまだ納得がいかないのか、唇を尖らせている。

「だってあの子のわがままなんて可愛いものじゃない。たとえば、ジュースを交換してっていうくらいのものでしょう？　それともあなたにはもっとわがままを言うのかしら」

猪野の言葉に犬童は小さく唸った。そして「同じようなものっス」と肩を竦めてみせる。

会話はそこで途切れ、膨らんだカーテンに犬童が絡まれていると、猪野が「ひかりちゃん遅いわね」と呟いた。鹿島は慌てて時計を見るとひかりが販売機へ向かってから十分が経とうとしていた。鹿島は慌てて腰を上げたが、その足が動く前にひかりの声が病室に響いた。ビニール袋を抱えたひかりが笑顔で駆けてくる。

「ひかりおつかいできたよ！」

猪野がひかりの髪を優しく撫でてやると、ひかりは自慢げにビニール袋から缶を取り出して見せた。

鹿島が頼んだ緑茶と犬童が頼んだコーラを手渡したあと、ひかりはオレンジジュースとリンゴジュースを交互に見比べる。そして「ひかりやっぱりリンゴジュースがいい！」と言い出した。それはつい先刻、猪野がひかりのわがままの例に挙げていた内容と同じものだった。予想通りのわがままを言ったひかりを見て、最初に犬童が笑い出した。それに耐えられず、猪野も口元を押さえて笑う。突然笑われたひかりは頬を膨らませて怒っていたが、猪野がリンゴジュースを差し出すとすぐ満足そうにジュースを飲み始める。

「あらあら、仲良しな家族ね」

隣のベッドで身体を休めていた女性がこちらを見てそう言った。

彼女が言った『仲良しな家族』の中に果たして自分は入っていたのだろうか。ちっとも笑えないまま、鹿島は冷たい緑茶の缶を握り締めていた。

❖

祝日の朝、隣で穏やかな寝息を立てているひかりの寝顔を眺めていると不意に涙が込み上げてくる。キッチンから漂う甘い香りがさらに幸福度を高め、胸が詰まって苦しさを覚えるほどだ。ひかりは大好きなホイップクリームに塗れる夢でも見ているのか、何かを食べるように口元を動かしている。

柔らかな髪を撫でれば、懐かしい記憶がふいに蘇った。妹が生まれたのは鹿島が十歳になった年だった。年の離れた妹はとても可愛くて、親馬鹿ならぬ兄馬鹿と言われても仕方がないくらいには生活の中心に妹がいた。その妹と同じ名前のひかりを見ていると忘れていた記憶が少しずつ蘇り、鹿島の胸を侵していく。柔らかな棘の痛みを甘んじて受け入れ、そのまま目を閉じたが、十秒もしない内に鹿島は再び瞼を開いた。襖《ふすま》が開き、犬童がかなり ご立腹《りっぷく》の様子で怒鳴ったからだ。

「お前ら朝だっつってんだろ！」

和室に入ってきた犬童は唇をへの字にしている。

「鹿島さん、遅刻っスよ」

ただ機嫌が悪いのかと思ったら、どうやら犬童は純粋に自分を心配しているようだ。鹿島は二度寝を諦めざるを得なかった。

「今日は祝日だよ。カレンダー見たか？」

まだ起きたくないとぐずりながら、ひかりがタオルケットに潜り込んでいく。まるで巣穴に戻るミーアキャットみたいだ。

「……何で夜に言ってくんなかったスか。俺、もうチビの分もフレンチトースト用意しちまったじゃねーっスかぁ」

カレンダーに縛られない生活を送っている犬童は祝日を意識する必要がないんだなぁ、と羨ましく思っていると犬童が拗ねたひかりのように唇を尖らせる。何だか最近犬童とひかりの仕草が似てきているような気がしていたのだが、気のせいではなさそうだ。

「じゃあ、朝飯はもっとあとにするんスかぁ？」

せっかく作ったのに、という言葉は続かなかったが、彼がそう言いたいことは良く分かった。だから鹿島は「今行くよ」と苦笑して返す。犬童の瞳が嬉しそうに光ったのは見逃さなかった。思わず頭を撫でたくなって手を伸ばしてしまったが、背の高い彼には届かない。突然伸ばされた手を起こしてほしいのだと受け取ったらしい犬童が鹿島の腕を掴み、立ち上がらせてくれた。甘やかすつもりが甘やかされてしまった。

「ひかりちゃん、犬童が朝ごはん作ってくれたよ」

まだ巣穴に潜り込んでいるひかりに声を掛けると、黒髪がタオルケットの隙間から出てきた。瞼がゆっくりと持ち上がり、瞬きを繰り返す。

「フレンチトーストいらねぇか？」

犬童の言葉にひかりは言葉ではなく、勢いよく起き上がるという態度で答えを示した。犬童がキッチンへ向かうとすぐに後を追うのは、自分の分が食べられてしまうと思っているからかもしれない。

二人分の敷布団とタオルケットを押し入れに片付けていると、ひかりが走って戻ってきた。

「さとくん、ひかりも手伝う！」

起きたばかりとは信じられないくらい目を輝かせているので、鹿島はひかりに枕を押し入れに仕舞うのを手伝って貰うことにした。

「枕を抱っこしたよ」

二人分の枕を抱き締めているひかりを抱き上げて、既に押し入れに収納した敷布団の上に枕を並べるように頼んだ。

「さとくん、きれいに並べたわ」

綺麗《きれい》に並べた枕を前にひかりは満足げだ。猪野さんのお見舞いで病院を訪れてからというもの、ひかりは片付けに夢中だ。片付けができるようになったことを猪野さんが褒《ほ》めてくれたからだろう。食後に食器を洗うときもすぐに気付いてキッチンに駆けてくるようになった。今はプラスチックのコップなどを布巾で拭いてもらっている。ひかりが成長する姿は鹿島にとって眩しい。これからもっと彼女は成長していく。背も伸びて、どんどん大きくなっていくだろう。そのことを考えると嬉しいような寂しいような気持ちになる。

鹿島がひかりを畳の上に下ろすと、彼女はすぐにリビングへと走る。ひかりを追い掛けて鹿島も和室を出た。テーブルの上には既に二人分の朝食が用意されていて、犬童とひかりは鹿島を待っていた。

「先に食べてていいよ。俺は今から用意するから遅くなるし」

二人に声を掛けた鹿島は冷蔵庫から納豆を、冷凍庫からはひとり分のごはんを取り出して電子レンジに入れ、解凍ボタンを押した。インスタント味噌汁を作るために湯を沸《わ》かし、食器を並べていると視線を感じた。ふとテーブルに目を向ければ犬童もひかりもじっと鹿島を待っていた。

「食べてていいって」

「やだもん、待つの。今日は私がお姫様なの！」

お姫様だというのは、今日がひかりの誕生日だからだ。誕生日の日は王様やお姫様になれて、何でもわがままを言っていいのだという話を鹿島が昨夜ひかりにしたのだ。

お姫様の命令とあらば仕方ない。鹿島は急いで朝食の準備を調《ととの》えてテーブルへと食器を運んだ。まだ湯気がのぼっている味噌汁とご飯とは対照的に、ひかりと犬童のフレンチトーストはとっくに冷めてしまっていることだろう。

待たせてしまったことが申し訳なくて謝罪を口にすると、両手を合わせた。

「いただきます」

三人の声がきれいに合わさったのでひかりは嬉しそうにくすくすと笑う。犬童は気にも留めずフレンチトーストをフォークで突き刺した。

ひかりの誕生日が祝日だったのはサラリーマンとしては助かった。彼女の好きなメニューを全て作るのはさすがに骨が折れるというか、平日であればとても一人では無理だ。

朝食を終えると、犬童は勉強すると言って二階に上がっていった。勉強を楽しいと感じるには一定の知識量が必要だ。試験で点数が取れるようになってようやく楽しいと思えるようになる。成果や効果が分かりやすく目に見えると人は努力が無駄《むだ》じゃなかったと安堵し、もっと成果を出そうと燃えるのだ。犬童は今が一番模試《もし》の点数が伸びている時期だから、今どれだけ勉強するかで今後が決まってくる。だからこそ鹿島が家にいる週末や祝日はできるだけ勉強のために時間を使って欲しくて、昨夜その話をしたばかりだ。

「あれ、ケンケンは？」

トイレから戻ったひかりは犬童の姿が見えないと気付くとすぐに二階に上がろうとしたので、鹿島が止めた。

「今日は二人で猪野さんのところにお見舞いに行こう」

犬童は勉強しているから、と付け加えなくてもひかりは察したようで少し寂しそうに頷く。彼女はいつだって三人一緒が好きなのだ。

「今日はひかりちゃんが好きな洋服を着て出かけよう」

鹿島の言葉にひかりは今度は大きく頷いた。小さな身体が綺麗にターンを決めて、彼女の身の回りのものが置かれている和室へと駆けて行く。

まだ四歳、いや誕生日がきたから五歳になったばかりのひかりだが、洋服を決めるまでにたっぷり三十分はかかり、全身のコーディネートが完成したのは更に三十分後だった。小さな爪には子供用のマニキュアでしっかり色が塗られている。ひかりにとって最高のお洒落をしているのだ。

「おばあちゃん、爪見たら怒るかなぁ」

マニキュアの出来に満足していたひかりが突然不安そうに俯いたので、鹿島は「似合うって言ってくれるよ」と彼女の黒髪を撫でた。

駅前の商店街で見舞い用にカステラをひとつ買うと、女性の店員がひかりのチェックのワンピースと爪のマニキュアを可愛いと褒めてくれた。ひかりは満面の笑みを見せながらも恥ずかしいのか鹿島の後ろに隠れてしまう。

「いいわね、女の子。うちは男の子ばっかりだから羨ましいわ」

すっかり娘と勘違いされているが、事情を一から話す時間もないので鹿島は笑顔で濁して店を出た。

「さとくん、ひかり可愛い？」

「もちろん可愛いよ」

そのやり取りがひかりの自信になったのか、バスの車内で通路を挟んで隣の席に座っていた女性にワンピースを褒められると、今度は隠れることなく「お気に入りなの」と自慢げに応えていた。

猪野の病室を訪れると、猪野はリハビリに出ているらしく、ベッドはもぬけの空だった。ひかりは残念がったが、リハビリができるのは怪我が良くなったからだと教えると喜んだ。

ずっと病室にいるのもなんだから、と鹿島はひかりを売店へと連れ出した。カステラは喉が渇く食べ物だから飲み物があった方がいいだろう。緑茶のペットボトルを二つ手に取った鹿島は、まだ悩んでいるひかりの側を離れて売店の狭い店舗をぐるりと回った。コンビニの五分の一程度の広さしかないにもかかわらず、様々な商品がある。院内の売店というだけあって、マスクなどが入り口近くには並んでいた。雑誌の種類も豊富だが、やはり年配向けのものが多かった。

「さとくん、決まった！」

脚に抱き付いてきたひかりはペットボトルのリンゴジュースを手にしていた。精算を済ませて病室に戻る道すがら、ひかりが「さっき何を見てたの」と聞いてきた。

「店の中を見てただけだよ。何も変わってないなぁって」

「さとくん、病院よくくるの？」

その質問に鹿島が答える前にひかりは鹿島から手を離して駆け出した。廊下は走ってはダメだと声を掛けようとしてやめたのは、向こう側から歩いてくる猪野が見えたからだ。ひかりを窘《たしな》めるなら彼女の方が自分より適任だ。

「ひかりちゃん、廊下は走っちゃダメよ」

優しく咎《とが》める猪野にひかりは「ごめんなさい」と反省した様子を見せた。鹿島ではこうはいかない。さすがだな、なんて思っていると振り返ったひかりが鹿島に向かって大きく手を振っていた。

リハビリはまだ始まったばかりで、退院まではもう少し時間がかかる。病室で猪野は緑茶のペットボトルにストローを挿しながらそう教えてくれた。

「りはびりが終わったらおばあちゃん帰ってくる？」

ひかりは猪野の退院が待ち遠しいようで、いつ帰ってくるの、と日にちを聞き出そうとしている。

「まだ少しかかるのよ。退院したらまた一緒に過ごしましょう」

穏やかなその声にひかりが頷いたとき、心がざわついた。ひかりがあの家を去ってしまうかもしれないと考えるだけで嫌だった。鹿島は自分の中の薄暗い感情をごまかすために緑茶を口に流し込んだ。

猪野はひかりの精一杯のおしゃれに気付き、可愛らしいと褒めた。猪野にマニキュアを褒められたひかりは今度はおばあちゃんの爪をきれいにする、と鞄からマニキュアセットを取り出した。ひかりは猪野の爪をカラフルにすると、鹿島の爪にもマニキュアを塗りたいと言い出す。本日誕生日のお姫様の言うことは絶対だ。しかし鹿島はサラリーマンであり、明日の朝には仕事に行くので落とさなければならないということを伝えると、お姫様は小指だけにすると譲歩《じょうほ》してくれた。

青に塗られた小指をひかりが満足そうに見ている。彼女が喜ぶのであれば明日の朝まではこのままにしておこう。そう考えてしまうくらいには今の鹿島にとってひかりは大切な存在になっていた。

「ひかりちゃん、今日はお誕生日でしょう」

猪野はひかりに可愛く飾られた紙袋を差し出した。入院しているからプレゼントは貰えないと思っていたらしいひかりは目を丸くして盛大に驚いている。リアクションの大きさも何だか犬童に似てきたような気がする。

猪野からのプレゼントはとてもきれいなリボンとゴムだった。

「ひかりちゃん、髪が伸びてきたから結ぶと可愛いと思ったの。ほら。こっちへいらっしゃい。結んであげましょう」

ひかりがベッドの端へと腰を下ろし、猪野はひかりの髪をあっという間にひとつに結んだ。ゴムの上からピンク色のリボンを結び終えると完成だ。鏡を見たひかりは嬉しそうにくるくると回り出す。

「おばあちゃんありがとう！　ひかり結びたくて伸ばしていたのよ」

「喜んでもらえてよかったわ」

猪野は孫を見るような温かな眼差しをひかりへと向けている。血が繋がっていないなんて思えないくらいだ。

夕食はひかりの好物を作ると決めていたので早目に取り掛からなければならないし、昼食の時間になれば猪野に気を使わせてしまうので、鹿島は正午になる前に病室を出ることにした。ひかりはまだおばあちゃんといたいと少し渋ったが、またお見舞いにくることを約束するとすんなりと腰を上げた。

ひかりは帰り道でも上機嫌で、顔を左右に振ってはポニーテールの髪が頬に当たる感触を楽しんでいる。その無邪気な様子を隣で眺めながら、鹿島は夕食のメニューについて思いを巡らせていた。

ひかりの好物はたくさんあるが、今夜はロールキャベツとグラタンとポテトサラダとオムライスを作ると決めて、鹿島は昼食後すぐにキッチンに立った。ひかりは折り紙を折ったり、フラフープやお絵かきをしたりして大人しく遊んでいる。やはりひかりは手が掛からない子供だ。犬童から見るとわがままばかりだとしても、鹿島にとっては物分かりのいい子供だった。それを悲しいなんて思う必要はない。猪野もそう言っていたではないか、と自分自身を励《はげ》まし、不安に足を取られないよう料理に没頭《ぼっとう》する。

犬童が勉強の休憩に二階から降りてくると、ひかりはすぐにポニーテールを自慢した。犬童の進行方向を塞いではくるりくるりと回って犬童に見て貰おうと必死だ。似合うかと尋ねたひかりに犬童は「馬の尻尾《しっぽ》みてぇ」とそっけなく返して冷蔵庫を開けた。ペットボトルからグラスへ黒い液体を移しかえて一気に飲み干したあと、居酒屋で一杯目のビールを口にしたおじさんのように、「あーたまんねぇ」と恍惚《こうこつ》の表情を浮かべる。炭酸飲料を一気に呑むなんて、鹿島にはとても信じられない。

「あ、うまそう」

茹《ゆ》でたポテトに缶詰めのコーン、みじん切りしたにんじんにマヨネーズを加えて混ぜていると、犬童がふらふらと寄ってきて、ボウルを覗き込んだ。カウンターに並んだ幾つもの皿に、興味津々だ。晩ごはんのメニューを聞くと犬童のアーモンド形の目がきらきらと子供のように輝き出す。ひかりの好物は犬童の好物でもあるので、楽しみで仕方がないのだろう。ペットボトルを冷蔵庫に戻した犬童は珍しく鼻歌を歌っていた。

すぐにも食べたくなったのだろう、犬童が手伝いを申し出た。スカジャンの袖を捲《まく》り上げて意気込みを示すのが、分かりやすくて可愛い。どこからどう見ても怖いはずが、時おり、とても可愛く見えるからずるいのだ。

「こっちの手伝いはいいから、ひかりとケーキを買いに行ってくれないか？」

ケーキを買い忘れたんだ、と付け足すと犬童はすぐに頷いた。ひかりとふたりでということで多少渋るかと思ったが、意外にも上機嫌のままリビングに戻る。

「チビ！　ケーキ買いに行くぞ！」

その言葉に、ひかりはきゃあと歓声を上げて犬童の周りをくるくると回り出し、犬童もひかりを邪険《じゃけん》には扱わなかった。ひかりのおかげでケーキが食べられるからかもしれない。

財布から五千円札を取り出し、ケーキと飲み物を買ってくるように伝えると二人のテンションは更に上がり、珍しく手を繋いで家を出て行った。玄関先で見送った鹿島は、二人が戻るまでには完成させなければと料理を再開した。

完成したポテトサラダを冷蔵庫に入れる。次に、みじん切りにした玉ねぎに火を通し冷ましておいたものに、卵、パン粉などの材料を追加してたねを作り、あらかじめ茹でておいたキャベツの葉に包んでいく。下ごしらえが完成したら、ローリエ、固形スープ、水を加えて煮詰めていく。

　ロールキャベツを煮込んでいる間にもうひとつのフライパンを熱し、バターで鶏肉を炒《いた》める。色が変わったらしめじと玉ねぎを追加してしんなりするまで火を通したあと、小麦粉を追加する。焦げないように気を付けて混ぜ合わせ、粉っぽさが消えたら牛乳を徐々に注ぎ、茹でておいたマカロニも加える。あとは耐熱容器に移してチーズをのせ、オーブンに入れてタイマーを二十分にセットすればいい。

　ロールキャベツがいい具合に煮えたら、トマト缶とケチャップやソースなどの調味料を加えて味を調え、弱火で更に煮込んでいく。オムライスは鶏肉を加えず、ソーセージと玉ねぎを入れただけのシンプルなケチャップライスにした。卵はひかりの好きな半熟にしたいので、二人が帰ってきてから作ることにして、先に片付けられるものを片付けていく。

ちょうどオーブンがピーと鳴いたとき、玄関のドアが開く音がして、ひかりと犬童の大きな声がキッチンまで響いてきた。

　家を出るときは機嫌が良かった犬童の眉間に皺が寄っている。どうしたのかと尋ねると、犬童は「ケーキ選ぶのに四十分っスよ！」と憤りを見せた。

「だってだって、どれも美味しそうだったもの」

　さすがに待たせてしまったという自覚があるのか、ひかりが上目使いで犬童に訴える。

その愛らしさに負ける犬童ではないので機嫌はすぐには直らず、階段を駆け上がっていった。ひかりは鹿島の脚に抱き付いて犬童を怒らせてしまったと涙目で見上げる。しかし鹿島は彼の機嫌を直す方法を知っている。

「犬童、料理をテーブルに運んでくれるか？」

　甚平に着替えて下りてきた犬童はキッチンを覗くとすぐに表情を変えた。眉間の皺が取れ、嬉しそうに鼻歌を口ずさみながらロールキャベツやグラタンを運び、またすぐにキッチンへと戻ってくる。小皿やフォーク、箸なども運び終わると今度は鹿島の隣に並び、フライパンを覗き込んできた。

　溶いた卵に牛乳を加えて弱火でじっくりと焼くと、ふわふわで柔らかなオムレツができる。それをケチャップライスにのせ中央をナイフで縦に切ると、中から半熟の部分が雪崩《なだれ》のように崩れてきた。それを見た犬童とひかりが歓声を上げ、鹿島は自分が魔法使いになったような気持ちになった。恥ずかしさと誇らしさが綯《な》い交《ま》ぜになった感情を持て余し、顔が強張ったような気がする。しかし犬童もひかりも鹿島の顔なんて見てはいなかった。

「早く食おうぜ」

「早くくおうぜ！」

　ひかりが犬童の言葉を真似して踊っている。本来なら注意をしなければならないが、今日は特別な日だ。

　テーブルを埋め尽くした料理に、ひかりは「写真撮って！」とねだり、満足する写真が撮れるまで何度も撮り直させた。お姫様の命令は絶対なので様々な角度から撮影している鹿島を余所に、犬童はテーブルを叩いて早く食べたいと急かす。写真を撮り終えた鹿島が席に戻ると、犬童は既に両手を合わせていただきますの言葉を待っていた。

「いただきます！」

三人の声がきれいに揃った。好物で埋まったテーブルの上をひかりと犬童の視線が動く。何から食べようかと迷っている二人を横目に、鹿島はポテトサラダを口へと運んだ。

犬童がロールキャベツのキャベツを剥《は》がして食べていることに気付いたひかりが「ケンケン、このきゃべつがおいしいのに！」と目を丸くした。犬童の野菜嫌いは相変わらずで治る兆しも見えない。鹿島にとっては想定内の出来事だったが、ひかりは信じられないと繰り返す。犬童の機嫌が悪くなっても、ひかりがそれを気に掛けることはなく意見を曲げることもない。そうとなると、折れるのは犬童の方だった。ひかりが言うように、キャベツを剥がさずに一気にかぶりついた。

「きゃべつ、美味しいでしょう？」

ひかりの言葉に犬童は無言で頷き、さらに二つ平らげた。

「俺、これ、一番好きっス」

どうやら犬童の中でロールキャベツ（キャベツあり）が一番の好物へと躍《おど》り出たようだった。

食事を終えた鹿島が片付けを始めるとひかりも犬童も既に手を止めていた。料理は三分の一ほど残っている。余った分は明日の昼食、もしくは夕食へと回すことができるから敢えて多めに作ったのだ。

「さとくん、どれも美味しかった！」

ひかりは明日も同じメニューが食べられるということが嬉しいようで、明日の昼はグラタンを食べるの、と笑っている。

片付けと少しの休憩を挟んだあと、冷蔵庫から大きな箱を取り出すとひかりがきゃあと可愛らしい声を上げて駆け寄ってきた。脚に思いきり抱き付かれたので鹿島は危うく箱を落としてしまうところだった。箱を安全なテーブルの上に置いてから「危ないよ」と注意をする。ひかりは肩を竦めて「ごめんなさい」としょげた。

箱から出てきたのは、ひかりが商店街のケーキ屋で四十分も悩んで選んだというといちごと生クリームのケーキだった。真ん中には『ひかりちゃん五さいのたんじょうびおめでとう』と書かれたチョコレートがのっている。それを見たひかりは、小さな手を強く握ってふるふると震えた。

「さとくん、写真！　写真撮って！　ママに見せるの！」

ひかりは興奮してまた鹿島の脚に抱き付いた。鹿島はそんなひかりの様子を記録するために慌ててスマートフォンを手に取った。スマートフォンの画面の中でひかりはお気に入りのチェックのワンピースと、ピンク色のリボンで結んだ髪をひらめかせてはしゃいでいる。カメラを向けられていると気付くと満面の笑みを見せてくれた。何枚か撮影したあと、鹿島はようやくスマートフォンを置き、代わりに包丁を手に取った。

名前とメッセージの書かれたチョコレートはひかりの皿に先に移動させ、切り分けたケーキのどれがいいかと尋ねた。ひかりは迷い癖があるらしく、またもや首を傾げて考え込んでしまう。気が済むまで悩ませてあげようと鹿島がキッチンでオレンジジュースを用意していると、リビングからひかりの悲鳴が聞こえた。驚いてリビングを覗くとひかりが地団駄《じだんだ》を踏んでいる。オレンジジュースを片手に戻るとケーキがひとつ皿へと移され、しかも上にのっていたいちごは消えていた。

「さとくん！　ケンケンがひかりのケーキ取ったの！　いちご一番大きいのにしたのにぃ！」

大きな瞳に涙をいっぱい溜めて、ひかりは鹿島に訴える。犬童は鹿島から目を逸らして口の中のいちごを味わっていたが、鹿島の非難の視線に耐えられなくなったのか「チビが選べないのが悪い」と子供染みた言い訳をした。

「ひかり選んだもん！　選んだのにケンケンが取ったぁ」

「俺が早かった」

「ひかりが早かったもん！」

犬童とひかりは互いに譲らず睨み合う。もう何度も見た光景だ。犬童は五歳になったばかりのひかりと同レベルで喧嘩をする。この家のチャンネル争いは専《もっぱ》らひかりと犬童の間で起こるのだ。

二人が喧嘩している間に、鹿島はひかりと自分用にケーキを皿に取り分けた。しかし喧嘩がおさまる様子はない。鹿島はひかりの丸い後頭部を撫でて、彼女の名前を呼んだ。

「犬童の二個目のケーキのいちごはひかりちゃんが食べていいよ」

六つに切り分けたケーキのうち、三つはひかり、二つは犬童にと思っていたので、まだ手をつけていないケーキにのっているいちごをひとつ、ひかりの皿へと移す。ひかりはようやく涙を止めて鹿島を見上げた。

「いいの？　いちごいっぱい！」

「何でだよ！　納得いかねぇ！」

ひかりがようやく落ち着いたのとは対照的に、今度は犬童が口を尖らせて不満を訴える。確かにいちごののっていないケーキは寂しいし、味気ない。鹿島は自分のケーキの上にのっているいちごを犬童の寂しいケーキの上にのせてやった。

「さとくんのいちごがなくなるよ」

ひかりは心配そうにそう言った。まだ睫《まつげ》は涙で濡れていたけれど、髪を撫でると嬉しそうに目を細めてみせる。

「俺はいいんだよ。残りは明日のおやつにしような」

犬童とひかりの喧嘩が止められるなら安いものだと思っていたが、次の瞬間、鹿島の皿の上にはいちごが二つのっていた。

「犬童、ひかりちゃん……二人共いちごが好きなんだろう？　いいのか？」

いちごを取り合って喧嘩をしていたはずなのに、どうしてだろう。純粋に驚いていると顔を見合わせた犬童とひかりが「いいの！」『いーんだよ」と声を揃えて返した。


はしゃぎすぎたひかりは、朝子からの電話に出たあとすぐにソファで寝息を立ててしまった。猪野が結んでくれた髪が崩れ、リボンもほどけている。髪を結んだままでは寝づらいだろうと鹿島はリボンとゴムを外してやった。風呂から上がった犬童が「チビは寝ちまったんスか？」と声をかけてきた。ひかりは犬童の言葉も耳に届いていない様子でぴくりともしない。こうなるとひかりは何をしても目を覚まさない。それを知っている鹿島は彼女をパジャマに着替えさせて和室の布団に寝かせた。

ひかりの側に腰を下ろし、その髪を撫でながら寝顔を眺めていると、犬童がタオルで髪を拭きながら和室へと入ってきた。ひかりの枕元にしゃがみ込み、鹿島と同じようにひかりの寝顔を眺める。

「チビ、満足してら」

　犬童はひかりの鼻を指先で軽く押して笑う。その表情はとても穏やかで、怖いだなんて欠片も思わなかった。

「なんすか?」

　視線に気付いた犬童が尋ねる。瞬きをして視線をひかりの寝顔へと戻すと、「幸せだなぁ」と無意識に言葉が零れた。それは犬童の問いに対する解答ではなく、完全なるひとり言だった。心が凪《な》ぎ、一秒一秒がとても長く感じられる。指先から伝わるひかりの体温と、側にいる犬童の存在が温かいと思う。犬童が目を丸くしたので、鹿島は「どうしたんだ」と尋ねた。犬童は真剣な目で鹿島をじっと見つめていた。どうしてそんなに必死な目をしているのだろう。不思議に思っていると犬童の薄い唇が開き、低く心地よい声が鹿島に告げた。

「好きです」

　予想外の言葉が室内に響く。鹿島が声もなく驚いていると、犬童の顔に朱《しゅ》が走り、下を向いてしまった。首が痛くないだろうかと心配になるような角度で俯いているので、生え際が黒くなってきた金色の髪しか見えない。濡れて色が濃くなっても髪は眩しさを覚えるほど輝いている。犬童の言葉も、金色と同じように眩しくて、心臓が一度だけ痛んだ。犬童は俯いたまましどろもどろにあの、その、と言葉を探していて、その様子が微笑ましい。

鹿島は笑いを押し殺しながら「俺も好きだよ」と返した。

正直、鹿島は犬童のことを恋愛対象として好きなわけではない。しかしそれを素直に伝えるわけにはいかなかった。もし彼が鹿島の気持ちを知ったらこの家を出て行きかねない。それを避けたかったからこそ嘘を吐いたのだ。

今のこの瞬間は完璧だった。犬童がいて、ひかりがいる。穏やかな時間が流れ、完璧な幸せに似ているこの時間を好ましく思っているのは犬童だけではない。鹿島にとっても特別で失いたくない時間なのだ。

「鹿島さん、オレ、大事にするっス」

顔を上げた犬童はやっぱり真剣な顔をしていた。突然右手を握り締められて驚いたが、犬童の手が震えていたので払いのけることはできなかった。

「俺も大切にするよ」

ここまで平気で嘘を吐けるとは自分でも思っていなかった。けれど後悔はしていない。必要なことだから仕方がないとさえ思っていた。

寝返りを打ったひかりが鹿島の左手に小さな手を重ねた。ひかりの手は鹿島の手よりも熱い。それを握り締めながら鹿島は、この時間がいつまでも続くようにと祈るように瞼を閉じた。

4.

　例年より遅い夏が訪れると快晴の日々が続き、気温は右肩上がりだ。窓から見える空は青い。今日もきっと暑い日になるだろう。明るい室内にはフレンチトーストの甘い匂いが充満していて、自分の身体がシロップ漬けになったような気さえする。それもすっかり日常のひとつで、最近では鹿島の朝食もフレンチトーストになっていた。

「ひかりちゃん、冷めちゃうから早く食べなさい」

　鹿島はひかりに声を掛けてから最後のひとかけらを口に運ぶ。ただでさえ甘いフレンチトーストにメープルシロップをたっぷりかけたものがひかりの好物だ。それなのにフレンチトーストはナイフを入れられることもなく皿の上に横たわっている。

　二日前から朝子からの電話が途絶えていた。毎晩電話をかけるというのが朝子とひかりの約束だったようで、その夜のひかりの落ち込みようは鹿島が手を尽くしてもどうにもならないほどだった。夕食はひかりの大好物のオムライスにし、食後のデザートもひかりが一番好きな果物である桃にしたのに、一度も笑顔を見せることはなかった。

　昨日も朝子からの連絡はなく、鹿島から電話を掛けても繋がらなかった。ひかりは鹿島が何を言っても耳を貸さず、頑なに朝子を待っていたが、そのうち緊張で疲れ果てたようでそのまま玄関で寝入ってしまった。そんなひかりを抱え上げ、和室へと運んだのは犬童だった。彼は玄関で母親を待つひかりにずっと付き合ってくれていたのだ。

「ひかりちゃん。フレンチトースト飽きちゃったかな?」

弱々しく頭を振ったひかりがナイフとフォークを握るのを確認すると、鹿島は空いた皿を手に席を立った。

使用済みの皿とコップをシンクに重ねると犬童が隣にやってきた。空になった皿を受け取っても動こうとはせず、じっと鹿島の手元を見ている。何か言いたいことがあるのだろうと思って待っていると、食器を洗い終えてからようやく犬童は口を開いた。

「チビの母親から連絡は」

「ないよ」

全て言い終える前に答えたのは期待させたくなかったからだ。答え方にムッとしたのか犬童の鋭い視線が右頬に刺さって痛い。しかしゆっくりと話す時間はない。リビングのテレビから木曜日の天気予報を伝える声が聞こえる。今日は鹿島はこれから会社に向かわなければならないのだ。

「連絡できない状況なんだろう。そうでなければ先輩が連絡してこないはずがないよ。それに連絡が途絶えてまだ二日じゃないか。もう少し待ってみよう」

犬童が妙なことを言い出さないように宥めると「そういうのはチビに言ってやれよ」と

言ってリビングに戻っていった。それもそうだと思った鹿島は、フレンチトーストを切っただけで食べようとしないひかりの隣にしゃがみ込んで濡れた瞳を見つめた。

「ひかりちゃんはおばあちゃんに会ったことはある？」

「……おばあちゃんって病院にいる大家のおばあちゃん？」

「ひかりちゃんのお母さんにもお母さんがいるんだよ。その人がひかりちゃんのおばあちゃんなんだ」

　ひかりは首を傾げたあとに頷いたが、理解しているのかは怪しい。ただ、血の繋がった祖母には一度も会えていないことは分かった。もしかしたら赤子の頃に会ったことがあるかもしれないが、記憶していないのなら会ったことがないに等しい。

「そのおばあちゃんが病気で入院しているんだよ」

「大家のおばあちゃんみたいに？」

　鹿島は頷いて応える。するとなぜかひかりも頷いて返した。

「そうだよ。おかあさんはお見舞いに行ったんだ。だからきっと忙しくて連絡できないんだと思う。だからひかりちゃん、連絡がくるのを待っていよう。落ち着いた頃に連絡がくるだろうから。ね？」

　柔らかな黒髪を撫でると小さな頭が縦に動く。それを確認して鹿島は立ち上がった。いつも家を出る時間はとうに過ぎている。

「じゃあ、俺はもう行くよ。行ってきます」

ソファにいる犬童にそう声を掛け、鹿島は用意していた鞄を手にリビングを出た。

本当は今朝早く、朝子から母親が息を引き取ったという連絡が入っていた。しかしそのことを鹿島は犬童とひかりに伝えていない。通夜《つや》がとり行われてから一週間ほどは目が回るほど忙しいのだから朝子から連絡がくる確率は低いだろう。それなら朝子が落ち着き、連絡ができるまでは詳細を話さない方いいと判断したのだ。

「連絡があったら教えるよ」

犬童は鹿島の言葉を信じたようで頷いた。


通勤ラッシュ時の電車は人間の乗るものじゃない。以前犬童がそう漏らしていたのを鹿島はふと思い出した。乗車率二百パーセントの電車に一度乗って以来、犬童は混み合う時間を避けているらしい。しかしサラリーマンの鹿島にそんな選択肢はない。今日もやぶれまんじゅうのあんこみたいに押し潰されながら朝は会社の最寄り駅まで運ばれ、夕方には家の最寄り駅まで運ばれる。しかし人間は慣れる生き物なので、身動き一つ取れない状態にあっても鹿島の心は別のところにあった。今日の夕食もひかりの好物にしよう。久しぶりにカレーを作ったら笑ってくれるかもしれない。そんなことを考えているとあっという間に目的地に到着し、わずかな隙間から他のあんこと一緒に押し出されるのだ。

定時に仕事が終わるのは素晴らしいことだと気付いたのは、犬童とひかりが家にやってきてからだ。それまでは時間を持て余すことが多かったが、今では仕事だけでなく、きちんとした生活を送れることが嬉しかった。

家の最寄り駅で電車を降り、中央の改札口から出ると名前を呼ばれたような気がした。きょろきょろと辺りを窺うと改札口の側にあるコーヒーショップの前で犬童が手を振っているのを見つけた。その傍らにひかりもいる。

「どうしたんだ？」

駅まで迎えにくるなんて、と驚いていると犬童は気まぐれと答えた。ひかりは鹿島が駆け寄っても改札から視線を逸らさなかった。大きく見開いた瞳が改札から出てくる人達の姿を追っているのを見て、二人が自分を迎えにきたわけではないということが分かってしまった。ひかりは鹿島ではなく、朝子を待っているのだ。

「今日はカレーにしようと思うんだけど、どうかな？」

ひかりは自分が話し掛けられていると気付くとようやく鹿島へと視線を向けた。それから「ひかり、カレー好き」と答える。昨日よりは元気が戻ってきたようだった。

「じゃあ買い物してから帰ろう。二人共、手伝ってくれるかい？」

鹿島の頼みごとを二人が断るわけがない。犬童とひかりが頷くと、鹿島はひかりの小さな手を取り、人の流れに合流して駅を後にした。

朝子からの連絡がないまま、日々は穏やかに流れて週末がやってきた。毎日のように猪野の病室を訪ねていた犬童とひかりだったが、ここ数日は病院から足が遠退《とおの》き、その代わり駅前で朝子を待つのが日課になっているという。鹿島はひかりを励ましたくて、土曜日になったら市立病院へ行こうと提案した。猪野の顔を見れば少しは安心するのではないかと思ったからだ。

「おばあちゃんに会うの久しぶり」

ひかりは誕生日プレゼントにもらったリボンを髪に結んでね、と微笑んだ。ようやく笑顔を見ることができたが、それは以前と比べると寂しそうな表情で、余計に痛々しく見えた。

商店街でカステラと見舞いの花束を買い、電車に揺られて病院を目指す。以前は電車内でも軽口を叩いてじゃれ合っていた犬童とひかりは、じっと黙ったまま窓の外を眺めていた。最近ではひかりだけでなく、犬童の口数までぐっと減ってしまった。落ち込んでいるひかりに静かに寄り添っている姿をよく見掛ける。三人で楽しく暮らしていたはずなのに、急に二人にしか分からない言語で会話をし、鹿島を遠ざけているように感じられた。もちろん気のせいだということは分かっていたが、焦燥感《しょうそう》が心をチリチリと焼くのだ。

三人で病室に顔を出すと猪野は「まぁ、いらっしゃい」と目を細めて迎えてくれた。ひかりはベッドへとよじ登り、猪野に抱き付いたまま離れようとしない。そんなひかりの様子で察したのか、猪野は「大丈夫よ」と柔らかな声でひかりの頑なな背を撫でる。

「ひかりちゃん、そんなに落ち込まないで大丈夫なのよ。朝子ちゃんから私に連絡があったの。迎えに行くのが遅れるって電話があったのよ。だから笑って待っていましょう。ひかりちゃんがそんな顔をしていたら朝子ちゃんはきっと心配して泣いちゃうわ」

　朝子から連絡があったというのが嘘だというのはすぐに分かった。猪野がひかりに見えないように、驚いている鹿島と犬童にウィンクをしたからだ。

　ひかりがまたひとりでおつかいに行きたいというので四人分の飲み物を売店で買ってくるように頼み、ひかりが病室を出るのを見送ったあと、猪野は「大丈夫よ、帰ってくるわ」と鹿島と犬童を勇気付けるように微笑んだ。

　その笑顔を見たとき以前とは違う印象を猪野に抱いた。誰かを守ることができる強さと、人を受け入れることができる優しさを併《あわ》せ持っている。朝子が猪野を頼りにしていた理由はきっと大家だからというだけではないだろう。シングルマザーとして奮闘していた朝子の心を彼女の笑顔が開かせたに違いない。

「また何かあれば、私のところにいらっしゃい。いつでも力になるわ」

　ひかりが久しぶりに公園で遊びたいというので病室を出ようとすると、猪野は鹿島を呼び止めた。もう少し話し相手になってもらえないかしら、と微笑む彼女の言葉を撥《はの》ね除けられるはずもなく、公園で遊ぶというひかりと犬童を見送り、鹿島だけ病室に残ることになった。

「ごめんなさいね」

猪野はひとりだけ引き留めてしまったことに対して謝罪したが、公園に行ったところで鹿島はベンチに座って犬童とひかりが遊んでいるのを眺めているだけだっただろう。問題ないと返すと彼女はありがとうと言って、窓へと視線を向けた。

猪野が鹿島だけを病室に残したのは朝子のことを心配していたからだった。どうやら朝子は猪野に対しては過去を包み隠さずに話しているようで、猪野は朝子の元夫の存在を気にしていた。

「彼女の母親が亡くなったということは聞いています。その後から連絡が取れなくなったので今は忙しくて電話ひとつかける余裕がないのだと思います」

鹿島の話を聞いた猪野は深く息を吐くと窓へと目を向けた。

「そうね。父親も数年前に亡くなったと聞いているし、きっと朝子ちゃんが喪主《もしゅ》でしょうね。それだったら今は寝る暇さえないわね」

「落ち着いたら連絡がくると思います。連絡がきたらすぐに猪野さんにお知らせします」

「……そうよね。朝子ちゃんが倒れてしまったらいけないものね」

その話しぶりから、彼女も喪主を務めた経験があるのが分かる。もしかしたら彼女の夫は既に他界《たかい》しているのかも知れない。毎日のように猪野の病室を訪れていた犬童が、自分たち以外の見舞客を見たことがないと話していたことと、以前見舞客がいないと看護師が漏らしていたことを思い出した。朝子とひかりだけでなく、猪野もまた誰かを必要としていたのではないだろうか。

猪野の薄茶色の瞳が悲しみに浸《ひた》っているようにも見え、鹿島は声をかけることを躊躇う。蝉の声にじっと耳を傾けていると、猪野は空をじっと見つめたまま、「鹿島さんの年齢なら結婚や出産の報告が多いでしょう？　でも私くらいになると訃報《ふほう》ばかり届くのよ。仕方がないとは分かっているけれど、やはり遣り切れないものよね」としみじみと呟いた。

「そう、ですね」

思わず暗い声が出てしまい、自分でも驚いた。猪野も驚いたように瞬きをして、それから「暗い話をしてしまってごめんなさい」と明るい声で言う。鹿島はこの話題がやっと終わると胸を撫で下ろし、今度は普通の声で彼女に答えることができた。

犬童とひかりが帰ってくるまで、鹿島と猪野は穏やかに会話を続けた。猪野は本当に話し相手が欲しかっただけのようで、鹿島のプライベートには触れてこない。はじめは緊張していた鹿島も次第に気を許し、家でのひかりの様子を面白おかしく話していた。

「ひかりちゃんが楽しそうでよかったわ」

猪野は心からそう思っている様子で、それが鹿島にとっては不思議に思えた。猪野とひかりの間に血縁はない。猪野の経営するアパートにたまたま朝子とひかりが住んでいるだけだ。それなのに猪野は朝子が仕事に出ている間ひかりを預かり、孫のように可愛がっている。大家と住人でしかないはずなのに、どうしてそこまで尽くすのか、その理由がまるで分からない。だから猪野が「不思議に思っているでしょう」と切り出すとどきりとした。心を見透かされたようで身体が強張る。そんな鹿島を見て、猪野は穏やかに微笑む。

「私にはひとり娘がいて、孫が二人もいるのよ」

急に始まった身の上話に鹿島が構えると、猪野は「怖い話じゃないんだから」ところころと笑った。

「ひとり娘なものだから過保護になってしまって、娘が結婚してからも色々口を挟んでしまったの。たとえ成人しても子を産んでも、私にとっては可愛い娘だったからついつい、ね。娘婿《むすめむこ》の転勤で五年前にアメリカに行ってしまってからほとんど連絡はないの。反省しているのよ。もっと娘を、娘が選んだ人を信じることができたら良かった。朝子ちゃんとひかりちゃんにしてあげていることは娘にしてあげたかったことでもあるの。こんな風にちゃんと距離を取れていたらって今でもよく思うわ」

幻滅《げんめつ》したかしら、と寂しそうに微笑む彼女に、鹿島は首を横に振ってみせた。猪野もまた聖人などではなく、朝子に似て不器用な女性だった。だからこそ朝子は彼女を信頼したのだろう。実の母親と上手く関係を築《きず》けなかった朝子と、実の娘と上手く関係を築けなかった猪野が出会ったのなら、自然と手を取り合うのも分かる気がする。それは必然とさえ言えるのではないだろうか。

「私も朝子ちゃんも不器用なのよね。でも私は朝子ちゃんを本当の娘のように大切に思っているわ。それも真実よ」

だから安心して頂戴《ちょうだい》、と言外に含んでいるのが伝わり、鹿島は「知っています」と微笑んだ。

ちょうど話が一区切りしたとき、明るく、大きな声が鹿島を呼んだ。腕の中に飛び込んできたひかりの髪は汗で湿っている。少し遅れて入ってきた犬童も汗を掻いているようで、半袖のシャツを捲り上げていた。

「楽しかった？」

「楽しかった！」

久しぶりに見た満面の笑みに、鹿島の胸が安堵で満ちていく。大丈夫、大丈夫と心の中で繰り返しながらひかりの汗をハンドタオルで拭った。犬童もハンドタオルで汗を拭い、猪野が差し出した団扇《うちわ》を受け取って扇いでいた。猪野から残っていたカステラをもらうと、あっという間に平らげてしまう。食べるスピードがあまりにも早いので、猪野は目を丸くし、手を叩いて笑った。笑いは伝染し、最後にはみんなで笑っていた。

病院からの帰り道、ひかりは猪野の言葉に安心したのか、珍しく鼻歌を歌っていた。アスファルトの上に三人の影が長く伸びている。

「おうち帰ったら絵を描くの。ママの絵を描くのよ」

「ひかりちゃんのママ、喜ぶと思うよ」

「でしょ！」

自慢げに胸を張っていたひかりが数秒も経たないうちに不安そうな表情になる。視線の先には仲睦《なかむつ》まじい母と娘の姿があった。娘の背丈はひかりと同じくらいだ。優しそうな母親と手を繋ぎ、今日一日あったことを話しながら歩いている。母親は穏やかな表情で相槌を打っている。夕日の赤に染められたその姿はひとつの絵画《かいが》のようでもあった。繋いでいる手に力が籠る。小さな身体のどこにこんな力があるのだろうと驚くほど強い力でひかりが鹿島の手を握りしめる。犬童もひかりと手を繋いでいたので同じ痛みを覚えているのだろう。視線がかち合うと困ったような表情をしていた。

「今日はグラタンと桃のパフェを作る予定なんだけど、ひかりちゃんも手伝ってくれるかな？」

「え、さとくん、今なんて？」

「グラタンと桃のパフェだよ」

パフェという言葉にひかりのテンションがみるみる上がった。悲しみに伏せていた瞳がきらきらと一番星のように輝く。そしてひかりと同じように犬童も目を輝かせていた。

「オレ特大サイズがいいっス」

「あーケンケンずるい！　ひかりも特大サイズがいい！」

「チビにはまだ早ぇ～」

「早くないもん！　ね、さとくん、大丈夫よね？」

本当に不安そうにそう尋ねるので、鹿島は大丈夫だと笑って答え、ひかりの頭を撫でた。再び歩き出したとき、ひかりは先程より大きな声で歌い始めた。視界から母娘を排除することはできないが、それを気にしないようにとわざと大きな声を出したように思う。ひかりがそうしたいなら、と鹿島は何も言わないで彼女の好きにさせた。犬童も何も言わず、黙ってひかりの手を握っている。

茜《あかね》色の空にひかりの細く高い声がどこまでも響いていく。それはどこか懐かしさを感じる光景で、鹿島は泣き出しそうになった。

夕食を終え、三人で作ったパフェを平らげたあと、犬童に食器の片づけを頼んだ鹿島はひかりを風呂に入れた。ひかりが飽きる前にシャンプーなどを終わらせると、ひかりはあひるを片手にバスタブへと飛び込んだ。

あひるを浮かべて遊んでいたひかりが不意に「さとくん」と呼んだ。鹿島は床の泡をシャワーで流していた手を止めてひかりの顔を見る。ひかりはあひるを泳がせながら「あのね」と切り出した。

「明日もね、明日の明日もね、駅でママを待っててい い？」

どうしてそんなことを聞くのかと驚いていると、ひかりがちらりと鹿島を見上げて、「さとくん、駅に行っても怒らない？」と不安そうに尋ねる。

「怒るわけない。怒らないよ」

驚いてそう返すとひかりは安堵したかのように表情を和らげた。

「よかったぁ。ね、アヒル二号」

どうして鹿島が怒ると思っていたのだろう。もしかしたら態度が悪かっただろうか。ここ最近のことを振り返って考えているとひかりが「あのね、ひとりじゃないの。ケンケンも一緒よ」と付け加える。

「ひかりちゃんがひとりで行くって言ったら怒るけど、犬童が一緒なら俺は何も言わないよ。きっと犬童がひかりちゃんのことを守ってくれるから安心だ」

「ケンケンね、いつもね、黙って一緒にいてくれるの。だからね、ケンケン好きよ」

照れたようにはにかむひかりに、鹿島まで笑顔になってしまう。人に誤解されやすい見た目をしているが、彼はとても優しい。その優しさがひかりにはきちんと伝わっている。それが微笑ましく、そして少しだけ羨ましくもあった。ひかりと犬童のどちらが羨ましいのかは分からないが、それでもいいなぁ、と思ってしまった。

「さとくん、もう上がっていい？　あつい」

頬を紅潮《こうちょう》させているひかりに気付き、我に返る。湯に浸かる時間は五分と決めているが、いつの間にか十分ほどが過ぎてしまっていた。湯あたりする前にと鹿島はひかりを抱き上げて浴室を出た。

長湯をしてしまったが、ひかりは特に不調を訴えたりはしなかった。水分を良く取ったあとはいつも通り遊んでいたが、午後八時半を過ぎると動きが止まった。ソファの上で丸くなるひかりを抱えて運んだのは犬童だった。鹿島が布団を敷き終えるとそこへ小さな身体を下ろす。ひかりはすっかり夢の世界の住人らしく、目を覚ます様子もない。黒髪を指で梳きながら、鹿島はしばらくひかりの寝顔を見つめていた。いつもはすぐにリビングに戻る犬童も珍しくひかりの寝顔を見ていた。

ひかりが寝てしまうと家の中は驚くくらい静かになる。静かな空間が苦手というわけではないが、家が静まり返っているのは苦手だ。けれど今は静けさの中に犬童の呼吸、ひかりの寝息が聞こえる。この空間は静かだけれど優しい。まるで柔らかなタオルケットで包まれているような気持ちになる。暖かくて心が溶けだしていくような、そんな気持ちになるのだ。

和室の襖を閉めてリビングに戻ると、ソファに腰掛けていた犬童が隣の座面を軽く叩いた。横に座れということか、と思い従うと、犬童が甘えるように身体を寄せてきて鹿島は驚愕した。彼を拾った当初からは考えられないことだし、心を開いてきたと思えるようになった今でも驚きのあまりリアクションが取れない。

「なぁ、アンタさ、」

そう言って顔を上げた犬童は鹿島の顔をまじまじと見つめたあとにそっと身体を離した。

「……どうした？」

「迷惑そうだったから」

そっぽを向いた犬童のその仕草が大型犬のように見えた。機嫌を取るように「迷惑じゃないよ」と返すと、犬童は顔を背けたまま視線だけを鹿島の方へとよこす。その後ろで嬉しそうに揺れる尻尾の幻覚が見えた。鹿島の言葉ひとつで機嫌を損《そこ》ねたり、良くしたり、振り回されている犬童が可愛い。自分より身体が大きくて、目付きも悪いのに可愛いと思えるなんて、視力が悪くなったのかとさえ思う。それでも可愛いのだから仕方がない。

「ほら、おいで」

両手を広げて微笑みかけると、しばらく我慢をしたのちに犬童が身体を預けてきた。予想よりずっと重い身体を支えきれず、ソファに背中から倒れ込む。リビングのソファが大きくてよかったと安堵しながら犬童の金髪を撫でた。根元はもうすっかり黒く、髪が伸びた分だけ黒い部分が増えていた。

「髪、伸びたなぁ」

「最近うぜぇ」

その言葉が指しているのは髪のことだと分かっているのに、少しひやりとした。自分のことを言われたように感じたのだ。

「今度サロンに行ってくれれば？　根元も黒くなっているし」

「……オレ、今度は黒にしようかなって」

急に起き上った犬童がじっと鹿島を見下ろす。その視線にふざけた様子が全くないのが少し怖いと感じた。けれどそれは杞憂《きゆう》だった。犬童は鹿島の髪に指先で触れると「鹿島さんと同じ黒にしようかと思って」と続けた。

犬童の長い指が髪を撫でる。ひかりの髪を撫でることは多いが、自分が撫でられることなんてなかったので、どんな風に反応していいか分からない。

「……黒なんてダサいって言ってなかったか？」

「もうダサくねぇんスよ」

どうして急にダサくなくなったのだろうか。理由を聞いてみたい気もしたが、理由なんてないような気もしたので黙っていた。しばらく鹿島の髪を撫でていた犬童がまた倒れ込んできたので、今度は鹿島が犬童の髪を撫でる番だった。

「そういえば、ひかりちゃんがまた駅に行ってもいいかって聞いてきたよ。怒らないかってさ。怒る訳ないのにどうして聞いてきたんだろう」

ふと思いついてそう切り出すと、犬童が胸の上で「アンタが怒ってると思ってたからだろう」と答えた。

「え、俺が？」

「俺とチビが駅でチビの母親を捜しているのが気に入らないんだろうと思ってた」

そんなことあるはずがない。そう答えようとしたのに声が出なかった。その理由は分からない。自分の身体なのに、自分の分からないところで動いたり、動かなくなったりするから困る。

「図星だろ」

声に温度があるとしたら、その声はとても冷たかった。犬童の身体はこんなにも温かいのに、声だけが冷たい。

「そんなわけ、あるかよ」

「でも、アンタはあんまり心配してねぇじゃねーか。チビは本気で心配しているのに、いつも適当に宥めて取り合わない。母親から連絡があったかチビが聞いてきても誤魔化《ごまか》すだろう？　はっきりさせないのが優しさだと思っているならそれは間違いだ。少なくとも俺とチビはそう思ってる」

犬童が喋ると吐息が胸にかかる。湿った熱い空気と鋭い言葉の両方が直接心臓に届いたような錯覚をして息を堪えた。

犬童は見ていないようで人をよく見ている。それも表面ではなく本質を見ている。確かに鹿島はひかりの質問を正面から受け止めようとはしていなかった。この家にいる間だけは三人で家族でいたかったのかもしれない。だからわざとはぐらかし、話を逸らしていたのだろう。

「いつも、二人なんだな」

「は？」

「いつも俺は除け者だなって思ってさ」

思わず本音が口をついて出た。これ以上余計なことを言わないように口を閉じると、犬童がまじまじと顔を見つめてくる。

「な、なんだよ」

さすがに至近距離で顔を見つめられると目のやり場に困る。狼狽えた鹿島に、犬童が「鹿島さんがそんなこと思ってたなんて、びっくりっス」と漏らした。

「俺とチビ、いつも鹿島さんの話してるんスよ」

それは初めて聞くことだった。犬童とひかりが、二人きりのときに自分を話題にしているなんて思ってもみなかった。きっと二人にしか分からない話をしているのだとばかり思っていた。

「あとは、猪野さんの話っスかね。オレとチビの会話なんてそんなもんです」

犬童が再び頭を鹿島の胸に置いた。犬童の後頭部は丸みを帯びていて、きれいな形をしている。鼻筋がすっと通っていて、横顔は彫刻みたいだ。そんな再発見をしているとさすがに重みに耐えられなくなってきた。このまま寝入られたりしたら朝になる前に死んでしまう気がする。鹿島は犬童が寝てしまう前に、犬童の背中を叩いた。

「重かったならさっさと言えばいいのに、何で我慢するんスか？」

犬童は鹿島の上から降りるなり、不思議そうにそう言った。

「犬童が甘えてくるのが珍しかったからだろう」

そうでなければさっさと退かせていた、と続けると犬童の顔がみるみる赤くなった。プチトマトみたいだなと思っていると、犬童が右腕で顔を隠す。けれど隠れることができなかった耳は頬と同じく朱色に染まっていた。

「と、とりあえず、オレとチビはこれからも駅に行くっスよ。そんで、鹿島さんも都合がいい日は一緒に行ってやってください。チビのために」

犬童はそれだけを言い残すと二階へと駆け上がっていく。ひかりが寝ているんだから静かにして欲しかったけれど、声をかける間もなかった。

ソファに座り直した鹿島は壁に掛かっている時計を見上げた。時計の針はまだ夜の九時を回ったところだ。いつもなら犬童の勉強を見ている時間だが、多分今日はもう階下に下りてくることはないだろう。明日は日曜で、特に予定はない。だから多分あの二人に付き合って駅に行かなければならない。朝子の母親が亡くなってからまだ一週間も経っていないから、まだ迎えにくることはできないはずだ。今は忙しいだろうからもう少し待ってみようと何度伝えても、あの二人はじっとできないようだ。

「仕方ないか」

鹿島は誰にともなくそう呟くと風呂に入るためにソファから腰を上げた。

❖

夏休みに入ると土曜日の午前中でも駅は人で溢れている。改札口が見えるコーヒーショップで朝食を取り、しばらくはその店からひかりの母親である鶴川朝子が改札を出てくるのを待っていた。サンドイッチを食べ終わった犬童は追加でドーナツを買い、いらないと首を横に振ったひかりの皿に半分に分けたドーナツを置く。

「お前の好きないちごだろ」

いちごチョコレートでコーティングされたピンク色のドーナツは、確かに彼女が好きなもののひとつだ。近頃めっきり口数が少なくなったひかりはこくんと頷くと犬童が分けてくれたドーナツを手に取り、小さな口を開いてかぶりついた。

鹿島が時計を確認すると来店してから既に一時間経過していた。コーヒー二杯を飲み終えたら駅中にあるベンチへと移動するのがいつもの流れだった。ひかりがドーナツを食べ終えるのを待って店を出ると、ひかりと犬童はまっすぐベンチを目指す。人が多く混み合っていても二人の足取りに迷いはない。

鹿島が仕事に行っている間もひかりは犬童と共に毎日駅で待ち続けている。週末になるとそれに鹿島も参加して、駅でほとんどの時間を過ごすようになった。そんな日々をもう二週間も続けている。

一時間が過ぎ、二時間が過ぎ、西日が駅に差し込む時間になってもひかりはその場所から離れようとはしなかった。鹿島は彼女を説得することを諦め、水分を取ってもらうために彼女の好きなリンゴジュースを買いに出た。リンゴジュースとコーヒー二つを手に戻ったとき、ベンチに二人の姿はなかった。どこに行ったのだろうと辺りを窺うと、二人は少し離れた場所で立ち尽くしていた。改札前で、手を繋いである一点を見つめている。何があるのかと歩み寄ってみると、二人の視線の先に鶴川朝子がいた。切符を探しているのか、端に寄って鞄の中を漁《あさ》っている。

鹿島がひかりに話し掛けようとすると、それを犬童の視線が止めた。人差し指を唇に当てている。以前の、出会った頃の彼なら絶対にしなかった仕草だ。あれだけ子守りを嫌がっていたのに、今では犬童がひかりの一番の理解者になっている。

切符を探し出した朝子はようやく改札を出てきた。そして鹿島たちの前をあっという間に通り過ぎる。人が絶え間なく行き交う改札口では気付いてもらえる可能性は限りなく低い。どうして声を掛けないのだろうとひかりの方を見ると、彼女は目に涙をいっぱいに溜めて口を開いていた。けれど声が出ない。声を出せない。母親を呼ぶ勇気が彼女にはないのだ。

代わりに鹿島が呼び止めようとしたとき、不意に朝子が振り返った。その視線は鹿島をすり抜けて近くに立っていたひかりで止まる。どこか張り詰めていた朝子の表情がみるみる崩れ、あっという間に泣き顔になった。

「ひかり、ごめんね。ごめんね」

朝子はひかりのもとへ駆け寄ると、小さな身体を力いっぱい抱き締めた。薄汚れた地面に膝をついて娘を抱きしめている朝子には、すぐ隣に立つ鹿島や犬童のことなんて見えていないだろう。母親に気付いてもらえてほっとしたのか、ひかりもまた大きな声で泣き出した。母と娘の一ヶ月ぶりの再会だった。二人の泣き声が耳障りだと顔をしかめる人たちを犬童が睨み返す。犬童はそうやって二人の再会を誰にも邪魔させまいとしていた。

ようやく涙がひいた二人を連れてコーヒーショップに戻り、一番奥のテーブル席に腰を落ち着けた。母に会えた安堵からか、ひかりは今朝とは全く違う明るい声でリンゴジュースにすると言った。鹿島と朝子がブラックコーヒーを、犬童がココアを注文したあと、朝子は鹿島と犬童に向かって頭を下げた。

彼女は母親の葬儀の準備などの忙しさの中倒れ、十日の間入院していたのだという。倒れたときに唯一の連絡手段だったスマートフォンが壊れてしまったため、連絡をすることができなかったと涙ながらに頭を下げる朝子を犬童は複雑な表情で見ていた。

朝子は娘の手をしっかりと繋ぎ、何度も頭を下げたあと改札口に吸い込まれていった。二人の姿が見えなくなるまで手を振っていた犬童は、手を下ろし、鹿島を見つめて首を傾げる。

「鹿島さん、何かあったんスか？」

その問いに鹿島は何と答えていいのか分からず、無言で踵を返し駅を出た。

ひかりが去り、二人きりになった家はいつもよりずっと静かで、鹿島はソファに座ったまま彼女が残していったリボンをぼんやりと見ていた。そろそろ夕食の準備をしなければと分かっているのに、身体が鉛《なまり》のように重くて動かすことができない。

犬童は朝子がひかりを迎えにきたことが嬉しいようで、「良かったな」としきりに呟いていた。二人と別れてから黙り込んでしまった鹿島に同意を求めるような犬童の言葉が、ざらざらと心の表面を削っていくような気がした。このままではいけない。せっかくすべてに蓋をして心の奥底に封印していたのに、このままではいけない。そう思ったときには遅く、気が付いたときには「うるさいな」と乱暴な言葉を犬童に返していた。そのとき、何かの箍《たが》が外れるような音が聞こえた。心の奥底に閉じ込めていたものがゆっくりと静かに沁みだしてくる。

「家族は、家族は一緒にいなきゃだめなんだよ」

震える声を誤魔化すために口を手で覆《おお》う。犬童は怪訝《けげん》そうな表情で鹿島を見ていた。

「ひかりの家族は朝子だし、だからひかりは帰ったんだろう？　それに鹿島さんにも家族がいるんスよね？　確か遠くにいるって……」

犬童の顔色がみるみる変わっていくのを鹿島はぼんやりと見ていた。

「お前はここにいてくれるだろう？　俺のこと好きだから側にいてくれるだろう」

それは自分ですら醜《みにく》いと思うような声だった。そんな醜い声で男を必死に引き留めようとしている。目も当てられないようなひどい有様だ。熟《う》れすぎて枝から落ち、人知れず腐っていく果実のような、そんな心をずっと隠していた。もう手遅れだ。過ぎた時間は戻らない。自分の心はあのときに半分死んでしまったのだ。

「犬童、俺のこと好きだよな」

ソファから立ち上がり、呆然と立ち尽くしている犬童にゆっくりと近付いた。何も言わない犬童の上着を掴んで顔を寄せ、薄い唇を噛む。驚いたように開いた唇に自分の唇を重ねるとすごい力で肩を押された。ソファの上に倒れ込み、近付いてきた犬童を見上げる。

「なんで」

彼の口から零れた弱々しい声に鹿島は笑って答えた。

「俺をあげるよ」

彼が自分から逃げないように。彼を逃がさないように。言葉が彼の心を縛るように。呪いにも似た言葉を続ける。

「欲しかっただろう?」

自分がどんな表情をしているのかは分からなかった。そんなことはどうでもよかった。犬童が囚われてくれればそれでいい。

呆然としていた犬童の顔が歪む。そしてソファに倒れている鹿島に覆い被さってきた。唇を奪われて、シャツの隙間から入り込んだ大きな手が肌の上をなぞる。それのどれもが心地よくはなかったけれど、これが鹿島の望んでいた展開だった。犬童だって同じ展開を望んでいたはずだ。何故なら彼は俺のことが好きなのだから。しかしなぜだか犬童は泣き出しそうな顔をしていた。

「お前の好きにしていいよ」

耳元で甘く囁くと、乱暴な手付きでズボンが下ろされる。首筋を噛まれて痛みで声が漏れたが、犬童はすぐには離してくれなかった。首筋についた歯形を肉厚の舌がなぞると今から行われることを想像して恐怖で上手く息が吸えなくなる。怖い、怖い、怖い。でも、これを望んだのは自分自身だから仕方がない。

犬童の大きくて熱い手が鹿島の身体を撫でまわす。触られる度に恐怖を覚えたが、どうやら犬童もそれに気付いているようだった。鹿島の恐怖心を誤魔化すように犬童は身体の

至る所にキスをする。しかしそれもはじめだけで、余裕がなくなるとキスから甘噛みへと変わった。甘噛みされると捕食《ほしょく》されるような恐怖を覚えて悲鳴を上げそうになり、慌てて唇を引き結び、瞼をきつく閉じる。

犬童の手が止まったことに気付いて瞼を開くと、犬童と目が合った。

「怖いっスか？」

犬童はそう問いかけながら鹿島のこめかみに唇を寄せる。怖くないと言えば嘘になる。けれど素直にそう言えるはずもない。

「怖いのは犬童の方じゃないか？」

腕を伸ばし、犬童の髪を撫でるとそのまま手首を強く掴まれた。逃げるつもりなんてないのに、逃がさないと言わんばかりにソファに押し付けられる。手首を掴んでいる犬童の手がわずかに震えている。本当に怖がっているみたいだ。

身に付けていた服をあっという間に脱がされると恥ずかしくてどこを見ていいのか分からなかった。犬童は萎えてしまったりしないのだろうか。不安に思っていると腰に硬いものを押し当てられる。

「俺、やべーっス」

そんなことを報告されなくても分かっていた。ズボン越しでも分かるほど犬童は欲情している。胸もない上に若くもない男の身体に彼が興奮しているのだ。

呼吸は荒く、紅潮した頬は熱を持っていた。瞳が欲望に濡れてぎらぎらと光っている。犬童のそんな姿を見ると、本当に俺のことが好きなんだなぁとしみじみ思った。純粋な好意を踏みにじるようなことをされてもなお好きでいてくれるのかと感動さえ覚える。だから自分ができることで返さなければ、と鹿島は込み上げる吐き気を抑えて瞼をきつく閉じた。

この身体は俺のものじゃない。今は犬童のものだ。犬童の人形だ。だから嫌だなんて思うな。痛みはなるべく感じないように。それを彼に悟られないように。彼とこの行為を拒否するような言葉はすべてのみこんだ。犬童がこの身体を気にいってくれればずっとこの家に住んでくれるはずだから、だからもう寂しくない。

男同士の性行為の知識なんて犬童はまるで持っていないらしく、女と違って濡れないことに気付くとローテーブルに置かれたままのベビーオイルを手に取った。風呂上がりのひかりの体に塗っていたそれを、まさか自分に使われるとは思ってもいなかった。とろりとした冷たい液体を尻に塗られるたび身体がびくりと大袈裟《おおげさ》に震える。

「止めるなら今っスよ」

犬童が一度だけ手を止めてそう尋ねた。ここまできて止めてくれるなんて思わなかったから驚いた。犬童は金髪で眼つきも悪くて身体も大きい上に口も悪いが、間違いなく優しい男だ。馬鹿みたいに優しいから人を信じては裏切られてきたのだろう。本当は彼の優しさに甘えて逃げ出したかった。今すぐ逃げ出してしまいたかった。けれど心とは裏腹に無意識に笑っていた。薄ら笑みを貼り付けたまま、「俺はおまえのものだよ」なんて醜い声で返していた。犬童の眉間に皺が寄った。堪らないと思ってくれたのならいいが。

ベビーオイルを纏った太い指が中に入ってきたときは思わず力が入った。耳元で低い声が力を抜けと囁くが上手くできない。そのうち指が諦めたように出て行き、代わりに中心で立ち上がっている鹿島のものを大きな手が握り込む。

「え、あ、けんど、やめ」

手を離すように言う前に手をスライドされると甘えるような声が口をついて出た。慌てて口を押さえようとしたが、両腕を頭の上でまとめて捕えられてしまうとどうしようもない。はじめはゆっくりと育てるように手が動き、硬度が増してきたら弱い部分を集中的に責めてきた。亀頭に爪を立てられると陸に上げられた魚のように身体が跳ねる。耳朶《みみたぶ》を舌が這《は》い、中に侵入して濡らしていく。犬童はいつの間にか捕えていた鹿島の腕を離していた。

「あっ、あぁ、動く、なっ」

「動いているのは俺じゃなくてアンタっスよ」

そう言われてはじめて自分の腰が動いていることに気が付いた。犬童の首に腕を回し、自分の気持ち良い部分にわざと犬童の手を当てるようにして腰を振っているのだ。こんな

はしたない行為を自分がするなんて信じられない。それなのに腰を止められないのだ。

夢中で快楽を追っていると下半身に違和感を覚えた。身体から力が抜けたせいか、いつの間にか指が侵入している。ベビーオイルに濡れた指は中を探るようにして動いている。

「え、なにっ、けんど、なに?」

鹿島の問いに犬童は答えず、そのうち一本から二本、三本と指が増やされた。ぐずぐずに溶けたそこは切なそうに指を咥え込んでいた。指の動きを感じながら腰を振っていると自分が何をしているのか分からなくなる。既に犬童のペニスを咥え込んでいる気さえしていた。

鹿島のペニスを握り込んでいた犬童の手が離れ、後ろ孔に入り込んでいた指も一気に引き抜かれた。酸素が足りない頭で自分の置かれた状況を必死に考えていると、膝裏に犬童の手が置かれ身体をふたつに折るように曲げられた。下半身がすべて犬童の視界に晒《さら》される。すっかり勃《た》ち上がったペニスも、恥じらいもなくひくつくアナルも、全て犬童の前に晒されてしまった。恥ずかしさで顔を背けると影が落ちてきて、耳をねっとりと舐められる。ぞくぞくとした快感が背筋を降りていく。犬童のペニスは既にカウパーに濡れていて、穴に擦りつけられると電流が身体の中を走るみたいだった。甘く息を吐いた瞬間、硬くて大きいものが入り込んできた。

「ひぅっ、あ、あぁっ」

指とは比べものにならない質量に目を見開いて苦しさに喘ぐ。

「う、きっつ」

力を抜けと何度も言われたが、やり方を忘れてしまったようで上手くいかない。犬童の手が再度鹿島のペニスを扱くとようやく力が抜け、甘い声が零れる。その瞬間を犬童は見逃さなかった。一番太いカリの部分が入ってきたと思ったら、一気に根元まで突き入れられた。

「……ぁあッツ」

自分が悲鳴を上げたかどうかすら分からなかった。あまりの苦しさと痛みに短く息を吐く。額に脂汗が浮かんでいたのか、犬童の手が額を優しく撫でた。見上げると、犬童はなぜか迷子になった子どもみたいな目で鹿島を見ていた。

「あぁっ……ぁ、ぁあっ」

犬童に揺すられる度に声が出た。それは気持ちがいいからではなく、反射的に上がったような声だった。興奮した犬童にはもう声も届かないようで必死に腰を振っている。時々首筋や腕に歯を立てられ、痛みに喘ぐ。息を吸っているのか吐いているのか、苦しいのかそうでないのかさえも分からなくなり、瞼の裏にチカチカと光が瞬いた。

「――――ッ！」

鹿島が一際《ひときわ》大きな声を上げると、犬童もまた低く呻いて深く突き入れてきた。身体の奥に熱を感じて、犬童が中で達したのだと分かる。大きな身体が崩れ落ちてくるのを、しっかりと受け止める。身体のあちこちが痛むような気がしたが、それらの感覚を鹿島は切り離した。

何も感じない人形になったような気持ちで犬童を抱き締めていると、五分もしないうちに犬童は鹿島の腕を抜け出した。中から太いものがずるりと抜かれると声が出てしまうのは仕方がない。まだ開いた状態のその場所を、犬童はなぜかじっと見ていた。恥ずかしいから見ないで欲しかったが、疲労のためか上手く声が出せなかった。

「……アンタは馬鹿だ」

またもや泣き出しそうな表情をした犬童は、近くに落ちていた鹿島の服を拾い上げ投げつけてきた。そして鹿島に背を向けて浴室へと向かう。鹿島はソファの上に転がったまま、犬童の広い背中とそこに残った幾つもの赤い線とやけに締まった尻が浴室に消えていくのを眺めていた。

もう一度全てを失ったような気持ちになったというのに、夜が明ければ今までとあまり変わらない日常が待っていた。というのも、まだ四十九日を終えていない朝子は毎週火曜日には故郷に戻らなければならなかったし、その間はひかりを鹿島の家で預かることになったからだ。

「猪野さんの退院が九月頭に決まったんだけど、それまで預けられるところが見つからなくて……」

日を改めて鹿島の家を訪れた朝子の言葉に、鹿島は「先輩さえ良ければこっちで預かります」と笑顔で答えた。

「犬童もひかりちゃんいないと退屈そうだし」

「ケンケン寂しがり屋なのよ」

ひかりは朝子が隣にいるからか、すっかり笑顔を取り戻している。母親がきちんと戻ってきてくれることが分かった今、また預けられるとなっても安心感があるのだろう。

「もちろん、預かってもらった日数分、それなりにお礼はさせてもらうから。その相談をさせて欲しいの」

朝子はやはりどこまでも真面目だった。ひかりを預かった日数の食費やその他諸々の出費を全て出した上に、お礼として更に金額を上乗せしようとする。鹿島がそこまで貰えないと言っても朝子は引かなかった。

「先輩ってそういうところ変わってないですね」

「可愛げがないのよ。分かっているけどしょうがないわ」

「先輩らしくて安心します」

鹿島がそう返すと朝子が眉を下げて笑った。その表情があまりにもひかりとそっくりなので、あぁ、本当に母と娘なんだな、と感慨《かんがい》深く思う。

「俺はむしろ先輩に頼られて嬉しいんですよ。それにひかりちゃんがいてくれると正直助かりますし」

「ねぇ、さとくん。ケンケンはどこいるの？」

鹿島の言葉を遮るようにひかりが尋ねた。彼は勉強をしているから、と答えるとひかりは詰まらなさそうにソファに座り直す。彼女にとって犬童は最高の遊び相手であり、その代わりは鹿島には務められない。

犬童は昨夜から部屋に籠ってしまって必要なとき以外出てこない。朝食の時間になると下りてきたが、食べ終わるとすぐに二階の部屋へ戻ってしまった。会話もなく、彼がいるはずなのにまるでひとりきりみたいに家の中に孤独が満ちていた。だからこそひかりがまたこの家で過ごしてくれるなんて願ってもみない展開だった。ひかりを預かる礼なんて、鹿島がしたいくらいだ。

「そういえば、鹿島くんのご家族は一緒に暮らしていないの？」

挨拶がしたかったのだけれど、と続けた朝子に「ええ、まぁ」と返すのだけが精一杯だった。ひかりが「さとくん、折り紙しよ？」と折り紙を持ってきてくれたので助かった。何を作るかひかりと話していれば、朝子はそれ以上質問を続けることができないだろうから。

朝子は今後毎週月曜の夜に新幹線で実家に戻るので、月曜の夕方に犬童が駅までひかりを迎えに行くことになった。水曜の午前中には戻ってこられるそうなので、ひかりは一週間のうち二日を鹿島の家で過ごす。また、残りの平日も朝子が仕事をしている朝から夕方までの間は、犬童がひかりを預かることに決まった。さすがに犬童の許可なしでは決められないので、三人で犬童の部屋を訪れて彼に直接話した。その間朝子が支払う費用は、全て犬童が受け取るという条件も付けた。

「犬童さん、ありがとうございます」

朝子に頭を下げられた犬童は狼狽えた。以前なら、ここで鹿島が助け船を出していた。犬童の縋《すが》るような瞳に勝てないからだ。けれど今回困っている犬童を助けたのは鹿島ではなく、ひかりだった。

「ママ、ケンケンが困ってるよ」

犬童の膝に凭れかかるようにしてひかりが笑う。犬童の大きな手がひかりの頭に置かれると「重い～」と言ってじたばたと暴れた。仲睦まじくじゃれている二人を見て、朝子は安堵の表情を見せる。

「ケーキ買ってきたから食べましょう。犬童さんも大丈夫かしら？」

「ウス」

犬童は小さく頷くと身体の大きさと釣り合わない小さな椅子から腰を上げた。ケーキの歌を歌いながらひかりがひらりと鹿島の横をすり抜けて階段を降りて行く。朝子もそれに続き、犬童も遅れて部屋を出る。彼が鹿島の目の前を横切るとき、一瞬だけ目が合ったが、すぐに逸らされてしまった。

ひとり取り残された八畳の部屋は鹿島が就職し、家を出るまで使っていた部屋だ。しかし今となってはすっかり犬童の部屋だった。壁には洋画のポスターが何枚か貼られていて、カーテンも水色から黒に変えられていた。彼に渡していた金はお小遣い程度だったが、どうやら地道に貯金してカーテンを買ったようだった。机に積み上げられた参考書と問題集は鹿島が犬童に買い与えたもので、この一ヶ月の間にかなり使い込まれていた。本当に真面目に勉強していたんだな、と思いながらそれらを捲っていると廊下を走る軽やかな足音が聞こえ、ひかりが鹿島を呼びに部屋へと駆け込んできた。

こうしてひかりは戻ってきた。犬童とひかりと三人で過ごす時間も奪われなかった。しかし三人で食卓を囲み、テレビを見て、会話をして過ごす時間はどうしてだか以前とは何かが違っていた。原因は分かっている。犬童が以前のように鹿島に対して心を開かなくなったからだ。

「ねぇ、さとくん」

犬童がシャワーを浴びているときに、髪を乾かし終えたひかりがそっと顔を近付けてきた。耳元に寄せられた小さな唇が「ケンケンとけんかしたの？」と尋ねる。どうしてそう思ったのかを尋ねると、ひかりは言い淀んだあと、「だってケンケンとさとくん、全然喋らないんだもの」と寂しそうに目を伏せた。子供は変化に敏感だ。そして自分の置かれた状況を的確に把握することができる。

「けんかなんてしていないよ」

ドライヤーで乾かしたばかりの髪は艶《つや》があり、さらさらと手触りがよかった。ひかりは「本当にけんかしてないのね、仲良しなのね」と念を押し、よかったぁ、と笑った。甘えるように抱き付いてきた身体は、風呂上りだからか、それとも子供体温だからか、とても温かい。

ひかりが眠りについたあと、鹿島はリビングへ戻った。犬童は音量を下げたテレビを見ている。以前、夜になると辺りに響くから音量を下げてくれと頼んだのを聞いてくれているのだ。犬童の髪はまだ濡れていたが、どうやら乾かす気はないみたいだった。

「犬童」

すぐ隣に座って名を呼んだのに、犬童の瞳は少しも動かなかった。まるで鹿島が見えていないみたいだ。その頑なな横顔が怖い。九月頭に猪野が退院し、日中のひかりの面倒を見るようになったら、犬童はどうするのだろうか。この家に留まってくれるのだろうか。

三週間後のことを考える。ひかりが去る日のことだ。軽やかな笑い声が消え、家の中が静まり返る。リビングや和室に色を添えていた赤やピンクのひかりの所有物が無くなれば、家の中が暗くなったようにすら感じるだろう。その室内で途方に暮れたように立ち尽くすのは鹿島だけだった。キッチンにも和室にも誰の姿もない。想像の中で、鹿島は階段を上り犬童の部屋の前に立つ。だがドアを開けることはできない。ドアを開けたとき、犬童の姿がなかったら、と思うと勇気がでない。また、ひとり残されることが怖い。何よりも怖い。

「……犬童」

声がみっともなく震えていた。感情がそのまま音に変わったみたいだった。その声を聞いた犬童がゆっくりとこちらを見た。それから瞬きを二度した後に目を逸らす。

「……何スか」

視線をテレビに戻したまま、犬童がそう返した。彼が呼び掛けに答えてくれたことに驚いていると、もう一度「何スか」と少し苛ついたように犬童が返した。

「もう、口をきいて貰えないかと思ったから驚いて」

「んなわけねーっスよ。ただ、何を話したらいいのか分かんねーだけで」

言葉をそこで止めた後、犬童は押し黙ってしまった。だが、隣に座ってもいいかと尋ねると頷いてくれた。

犬童の隣に腰掛けるとき、わざと距離を詰めた。それに気付いた犬童が「近くねぇっスか」と言ったが、無視して凭れかかる。隣にある身体が緊張で強張ったのがシャツ越しに伝わった。

「犬童はさ、俺のこと嫌いになった？」

テレビでは若手の芸人たちが大勢でコントをしているようで画面がやたら賑やかだった。

鹿島もテレビを眺めていると、隣で犬童が「嫌いになるわけ、ねー」と小さな声で呟いた。

テレビの音量が大きければ聞き取れないような声だった。

「本当に？」

「ほ、本当っス」

犬童は鹿島の視線に気付くと分かりやすく視線を泳がせる。頬が赤くなり、触れると熱を帯びているのが分かる。

「……でも、」

犬童の滑らかな頬を撫でている手を捕えて、犬童は「分からない」と続けた。

「アンタが、何をしたいか分かんねーっス」

鹿島が逃げようとすれば簡単に手を解いてくれることは分かっていた。だから、敢えて片腕を犬童に捕えられたまま、彼の顔に唇を寄せた。

頬にひとつ、鼻にひとつ、そして最後に唇にキスを落とした。至近距離から鋭い瞳がこちらを見ている。探るような視線を感じながら鹿島は無駄だよ、と心の中で呟いた。答えを探そうとしたって無駄なのだ。何故なら、鹿島自身、自分が何をしたいのかなんてとうの昔に分からなくなっているのだから。

「犬童、しようか」

なにを、と犬童の唇が動いたが、言葉で答えてやる気はなかった。その代わり、犬童の着ているシャツを捲り上げ、彼の腹筋に指を這わせる。犬童の身体が面白いくらいに跳ねて、それから石みたいに固くなった。

「何で」

「何でって、犬童は俺が好きなんだろう?」

それ以外に答えなんてないじゃないか。どうしてそんなことを聞くのだろう。鹿島が不思議に思っていると犬童は鹿島の手首をもう一度捕まえて身体から剥がした。

「犬童?」

「俺は、もうアンタとしねーっス」

勢いよく身体を押され、ソファへと倒れ込む。立ち上がった犬童は倒れたままの鹿島を見下ろし「今のアンタとヤっても意味、ねーから」と言った。

「意味、がない」

「そうっスよ。それに、アンタはもう少し自分のこと大事にした方がいいッス。俺なんかに許さない方がよかったんだ」

犬童は苦しそうな声でそう告げると、鹿島を振り返ることなく二階へと駆け上がって行った。ドアが閉まる音が室内に響き、それから静まり返った。

犬童の姿が消えたリビングで、鹿島はソファに転がったまま、犬童の言葉の意味を考えていた。

5.

土曜日の昼間、犬童が部屋に籠って勉強していると遠慮がちに足音が近付いてきて、ドアをノックする音がそれに続いた。

「犬童、入っていいか」

その声にどう答えたらいいのか分からないが、無視したいわけでもない。とりあえず立ち上がってドアを開けると、視線を足元に落としていた鹿島が顔を上げ、目が合った。視線が絡むとどうしていいか分からなくなって反射的に顔を逸らしてしまう。

「やっぱり、俺のこと嫌いになったんじゃないか？」

「嫌いなわけない」

前と同じことを食い気味に答えると、鹿島が目を細めて「良かった」と言った。

「だったら、今まで通りにしてくれないか？　今はお前が家にいるのにひとりで暮らしているみたいで、その、寂しいから」

鹿島が俯いたせいで顔が見えない。どんな表情で言ったのか知りたくて彼の顎に手を添えて上向かせる。すると鹿島は寂しくて死んでしまいそうな顔をしていた。

好きな人に寂しいと言わせてしまうなんて、犬童にとってあまりにもショックな出来事だった。確かに、気持ちを整理したくてここしばらく鹿島を避けていたのは事実だ。しかしその態度が彼を傷付けることにまで気が回っていなかった。

「分かりました」

犬童が頷くと鹿島の表情がぱっと明るくなった。それから「昼メシ、食べるだろう?」と笑顔のまま聞いてくるので犬童はもう一度頷いた。

促されて共に階段を下りると鹿島はすぐにキッチンへ向かった。カウンターの外から見ていると、冷蔵庫の中の材料を確認してメニューを考えている様子の鹿島が、ドアを閉めて振り返ったタイミングで目が合う。鹿島は視線を少し逸らし、「見すぎ」と照れたように笑った。休日だから崩れたままの髪が彼の目に掛かっていて、それがなんだかたまらなくいいと思う。

「……メニュー何かなって」

けれどそんなことを言う度胸が今の犬童にはないのでそう誤魔化す。

遅めの昼食メニューは珍しく鹿島が決めた。冷やし月見うどんが食べたいと言った鹿島に対して異論はなく、犬童が頷くと彼はすぐにキッチンへと移動した。そしてうどんを茹でる鹿島を、犬童はカウンターの外からずっと見ていた。

「もうすぐできるよ。器取ってくれる?」

「おう」

犬童は指示された通り食器棚に向かった。冷たいうどんなら涼しげな器が良いかと思い、ガラスの器をふたつ用意する。

器の中央に麺を置き、その上から刻んだネギと海苔《のり》を振りかけ、卵の黄身を落としたら完成だ。器と箸をテーブルに並べると鹿島もすぐにやってきた。二人で向かい合って座り、両手を合わせて「いただきます」と言ったあと、犬童はすぐに黄身を崩して麺を掻き混ぜる。うどんなんて普段はあまり食べない。そのため、茹でた麺に麺つゆとネギと卵なんかをのっけるだけでここまで美味しいものになるのかと驚いた。

「もうないんすか？」

あっという間に食べ終えたが物足りないのでそう尋ねると、鹿島は「ラーメンならあるよ」と言った。けれど今はラーメンではなく、うどんが食べたい。そう訴えると鹿島が財布から千円札を二枚引き抜き、「これで買っておいで」と手渡した。

「青ネギももう切らしちゃったから買ってきてくれないか」

「他には？」

「犬童がうどんにのせたいものも買ってきたらいい。梅干《うめぼし》を刻んで入れても美味しいし、シソなんかを入れてもさっぱりして美味しいよ」

梅干を入れたうどんの味を想像すると涎《よだれ》が湧き出てきて、すぐに立ち上がって玄関に向かった。

鹿島はいつも犬童の喜ぶものを買ってくれる。主にプリンとかコーラなのだけれど、勉強の合間に食べてと言ってチョコレートを買ってくることもあった。それがいつも嬉しかったから犬童も鹿島のために何か土産を買おうと思ったが、鹿島が好きなものをすぐに思い出すことはできなかった。

コンビニの菓子コーナーの前で両腕を組み、唸りながら悩んでいると不意に肩を叩かれた。振り向くと見覚えのある顔が並んでいた。

「犬童、お前連絡寄越せよ」

「そうだよ、俺らすげー心配してたんだからなぁ」

「とりあえず生きてたんだな。良かった」

犬童とほぼ同じ背丈の男二人と、背が低いへアバンドをした男が犬童に向かって捲し立てる。高校を中退した後に出会ったこの三人は、フラフラしていた犬童を仲間として迎え入れ、家に泊めるなどして世話を焼いてくれた。彼女に裏切られてからは彼らもまた自分を裏切るのではないかと不安になり連絡を取れずにいたのだが、彼らは心配してくれていたのだ。

「生きてるよ」

抱き付いてくる三人を引き剥がしながらそう答えると、何故だか彼らは顔を見合わせて笑った。本当に犬童のことを心配していたらしく、連絡が取れなかった間のことを色々聞きたがったが、家で待っている人がいるからと飲みの誘いを断った。

「今度連絡すっから」

コンビニの前でそう伝えると、彼らは何かあったらすぐ連絡しろよ、と手を振ってくれた。角を曲がる前に振り返ってみると、豆粒サイズになった友人たちがまだ手を振っていた。自分を心配してくれる人が鹿島の他にもいる。それは犬童にとってはとても大きな収穫だった。きっと鹿島も、友人が心配してくれていたと知ったら喜んでくれるだろう。

犬童にしては珍しく浮かれながら帰途につくと、家の前で知らない人に呼び止められた。近所に住んでいるというその女性は犬童に「鹿島さんの親戚の子なの？」と尋ねる。そして犬童が返事をする前に「よかったわ、聡くんひとりじゃないのね」と続けた。

「鹿島さんのところって家族仲が良かったでしょう？　ひとり残された聡くんのこと心配だったのよ。だから親戚の方がいらっしゃってよかったわ」

突然告げられたその言葉を、犬童はどう処理したらいいか分からなかった。ようやく口が開いたときに出たのは「どういうことッスか」という間抜けな台詞だった。

「聡くんのご両親も妹さんも、去年交通事故で亡くなっているでしょう。一周忌は終わったけど、この家でまだひとりで住んでいるかと思うとかわいそうでね」

鹿島家とは昔から交流があるという女性は、ハンカチで目頭を押さえながらそう話した。犬童のことを鹿島の親戚と勘違いしたまま、「今近所で買ってきたばかりなのよ。多めに買ってきたから一箱あげるわ。聡くんと一緒に食べてね」と紙袋を手渡してくる。断ろうと思ったときには既に辺りに人の姿はなく、犬童は仕方なく紙袋を抱えて家に戻った。

帰りが遅い犬童を鹿島は心配していたが、近所の人に捕まって紙袋を渡されたと伝えると「困ったな、どこの人だろう」と言いながら紙袋の中身を確認した。女性の特徴を伝えると誰なのか分かったらしく、鹿島はすぐにお礼の電話を掛けた。その間に、犬童はキッチンでうどんを茹でた。

「犬童、食後にカップケーキ食べようか」

紙袋の中身は商店街にあるケーキ屋のカップケーキだった。ブルーベリーやチョコレートなど六種類のカップケーキが箱に詰められている。うどん一玉を食べ終えた後、犬童と鹿島はソファに腰を下ろしてカップケーキを食べた。

「犬童、箸使い上手になったな」

鹿島は自分のことのように嬉しそうだったし、誇らしそうでもあった。

「別に、普通っスよ」

練習していたことなんておくびにも出さず、犬童はカップケーキにかぶり付く。それからしばらく考えた後、神妙な声で切り出した。

「鹿島さんの家族、どこに行ってるんですか」

犬童のその問いに鹿島が動きを止めた。一呼吸置いたあと、ようやく「ちょっと留守にしているんだよ」と返したが、鹿島の表情は強張っていて、視線が定まっていなかった。その様子を目の当たりにした犬童は、鹿島が自分に打ち明けていない秘密があることを知ってしまった。

「何だ、心配してくれているのか？　犬童を家に置くことは家族にも了解は得ているんだ。心配しないでいいんだよ」

鹿島は犬童を安心させようとしているのか笑いながら告げたが、犬童はもうその言葉を素直にのみ込むことはできなかった。

食事の後片付けをしたあと、コーヒーを飲んで一息ついている鹿島の近くを犬童は歩き回っていた。聞きたいことがあるのだが、それをどうやって切り出したらいいのかが分からない。落ち着きのない犬童を見兼ねた鹿島がソファに座るよう言ったが、犬童はソファに見向きもせずぐるぐるとリビングを歩き続けた。

「家族が留守にしているのっていつからっスか」

冷蔵庫のドアを開けた鹿島の背中に問い掛けたのは、彼の顔を見なくて済むからだ。だが鹿島が黙り込んでしまうと、顔が見えるときに聞けばよかったと思った。鹿島は中々キッチンから出てこない。犬童が不安を募らせていると、ようやく沈黙が破られた。

「……一年と少し前かな」

「どうして留守にしてるんですか」

「……用事があるんだよ」

「鹿島さんだけ置いてっスか？」

「俺は、仕事があるから行けなかったんだ」

　犬童の問いに鹿島は答えてはくれるが、どの返答も曖昧なものだった。犬童はますます鹿島を信じられなくなり、つい追い詰めるような聞き方をしてしまった。

「鹿島さんの家族はいつ戻ってくるんスか？」

　その問いに、鹿島は冷蔵庫のドアを勢いよく閉めることで答えた。驚いている犬童の横を何も言わずに通り抜け、和室へと消えていく。鹿島さん、と犬童が後を追い掛けようとすると、鹿島は低い声で「あまり詮索しないでくれ」と言い残し、和室の襖を閉めてしまった。

　鹿島はいつも優しかった。犬童がどんなに睨みつけても、怒鳴っても、犬童のことを追い出したりしなかった。そんな穏やかな鹿島が不快感を露わにし、犬童に詮索するなと忠告した。彼にとって触れられたくない話題だということは確かだ。しかし犬童はどうしても鹿島の口から真実を聞きたかった。

　和室の襖の前でぐるぐると考えていると不意にポケットでスマートフォンが震えた。ポケットから取り出すとコンビニで会った三人からメッセージが届いている。仲間は自分を裏切らなかった。心配してメッセージまで送ってくれている。鹿島に伝えたら喜んでもらえるのではないか。襖に手をかけようとした犬童は、しかし思い直して腕を下ろした。

自分のことを心配してくれる仲間がいることを、家族を失った鹿島にどう伝えればいいのか分からなかったのだ。きっと彼は喜んでくれるだろう。しかしそれは表向きであって、心の底では彼の悲しみが増すだけではないだろうか。そう思い至ると犬童は鹿島に打ち明けることができなかった。


喉の渇きを覚えて真夜中に目を覚ました。時間を確認すると深夜の二時を回ったところだ。水でも飲もうと階下に降りるとキッチンに人影があった。窓から差し込む僅かな光を頼りにゆっくりと近付くと、鹿島が電気も付けず、立ち尽くしていた。彼も喉が渇いたのだろうかと思っていた犬童はぎょっとした。鹿島の右手には包丁が握られていて、刃は左腕にあてられていたのだ。慌てて背後から両腕を掴むと、鹿島がゆっくりと振り返った。その瞳は虚《うつ》ろで、犬童を認識しているかすら分からない。

「けん、ど?」

鹿島の右手の指に込められた力を逃がすように、犬童は包丁から鹿島の指を外していく。包丁が鹿島の手を離れると、すぐにそれを引き出しに仕舞った。鹿島はまだ虚ろな瞳でぼんやりと犬童の顔を見ていた。

「もう、寝るっスよ」

「ん、分かった」

聞き分けの良い子供のように鹿島は頷き、犬童に手を引かれてゆっくりと歩き出す。和室に敷かれた布団の上に座り込んだ鹿島に、横になるように告げると素直に従った。布団をかけると自然に瞼は閉じた。

「おやすみなさい」

返事はなかったが、穏やかな寝息が聞こえてくると犬童は安心して和室を出た。

グラスに注いだ水を一息に飲み干したあと、犬童はリビングのソファに腰を下ろし、和室へと視線を向けて今しがた起こった出来事を思い出していた。

鹿島の虚ろな目と包丁の柄を握り締める力強さがあまりにちぐはぐで悪夢のようだった。今まで犬童が知らなかっただけで、同じようなことが何度も繰り返されていたのかもしれない。鹿島は普通に生活しているように見えていたが、実際のところ彼の心は傷付き、今にも崩れ落ちる寸前なのかもしれない。

鹿島は優しいひとだった。不良だと遠巻きにされることが多い犬童を拾って家に置いてくれた。将来を案じて高卒認定試験を受けるように勧めてくれたのも鹿島だった。彼は勉強するために必要な参考書と部屋と時間を犬童に与え、心から応援してくれていた。犬童にとって鹿島が特別になるのに時間は掛からず、今では一番守りたい人になった。そんな鹿島が苦しんでいる。それを犬童はどうしてやることもできない。

「おれに、できることなんてあるわけ、ねーし」

高卒認定試験は秋に予定されている。それまでは試験勉強に力を入れるべきだし、家計を支えているのは鹿島だからゆっくり休めと言うこともできない。己の無力さに打ちひしがれながら二階の自室のベッドに潜り込み、スマートフォンをチェックする。着信が数件あり、そのどれもが友人たちからだった。彼らは今コンビニの前で暇をしているらしい。起きているなら少し話でもしようぜ、と誘ってくれた彼らに犬童はメッセージを送った。

黒のノースリーブとジーンズに着替えた犬童がコンビニに到着すると店内から友人たちが手を振った。彼らはビニール袋を片手に店内から出てくると駐車場の縁石に腰を下ろした。

「ほら、犬童の分」

そう言って手渡されたのはコーラとハーゲンダッツのストロベリー味だ。

「何か浮かない顔してんじゃゃんか。話なら聞くぜ？」

ヘアバンドを直しながらそう言われたが、犬童はしばらく黙り込んでいた。彼らは楽しげに会話を始めたが、犬童はそれに参加せず笑い合っている彼らの顔をただ眺める。アイスを食べ終え、コーラが半分に減った頃、犬童はようやく口を開いた。

「俺、働きてぇんだけど、お前ら良いところ知らないか」

犬童が切り出した話題に、さっきまではしゃいでいた友人たちは目を丸くして言葉を止めた。

「今、幻聴が聞こえた気がしたんだけど」

「お前が働くって地震でも起きるんじゃ」

「熱でもあるのか？」

そのリアクションに苛立った犬童が「帰る」と言うと、三人は慌てたように抱き付いてきて引き留めた。

「冗談だよ、ちょっと驚いただけ」

そんな言い訳をして、犬童の事情を知りたがる。

犬童は怪我したところを鹿島に拾われたことや、高卒認定試験を受けるために勉強していることを打ち明けた。彼らは犬童が試験勉強していることに驚きながらも応援すると言ってくれた。

「働きたいって言ってたけど、試験までは勉強に集中したほうがいいんじゃないか」

それは正論だった。今勉強しなければ試験の合格率は下がるだろう。それでも犬童は今すぐにでも働きたかった。働いて、金を稼いで、鹿島を休ませたかった。彼に今一番必要なのは休養だ。

犬童が事情を打ち明けると、彼らは腕を組んだまま黙り込み、それから「分かった」と言った。

「俺、今フリーターやってるんだけど、仕事がないか探してみるよ」

「確か二個上の先輩が駅近くの会社に勤めてるって聞いたから明日連絡してみるぜ」

「やっぱり求人雑誌が一番だろ。すぐ買ってくるから待ってろ」

彼らは犬童のためにすぐに動いてくれた。それに驚いていると、「俺らは情報集めるくらいしか出来ねーんだから、犬童が頑張らねーといけないんだぜ」と犬童の背中を力強く叩く。

それは百も承知だ。鹿島のために犬童は進むと決めたのだ。

「ありがとうな」

犬童が礼を言って腰を上げると、三人は顔を見合わせた。それから「俺らダチだろ」と再度犬童の背中を叩いた。

❖

ビニール傘越しに見上げた空には分厚い雲が立ち込めていた。まだ夕方だというのに辺りは既に暗く、車のヘッドライトが雨に滲んでいる。駅前広場のタクシー乗り場には長い列ができていて、蛇《へび》みたいだ。

駅の時計を確認すると父さんが乗る電車が到着する時刻を数分過ぎていた。行き違いになってしまったら駅まで迎えにきた意味がない。慌てて中央改札口へ向かうと電車を降りてきた人々が駅の出口を目指して勢いよく流れてくる。あの中に父さんはいるのだろうか。柱の陰から父さんの姿を探していると、頭上から聞き慣れた低い声が降ってきた。

「聡、迎えにきてくれたのか」

振り返ると笑みを浮かべた父さんが僕を見下ろしている。驚いてすぐに返事ができずにいる僕の頭を大きな手が撫でた。

「突然大雨が降ってきたから。父さん、傘を置いていったでしょう?」

「あぁ、助かるよ」

父さんと共に駅を出たときには小降りになっていたけれど、タクシー乗り場の列は先ほどより長くなっていた。僕の視線を追った父さんが、「聡が傘を持ってきてくれなかったら父さんもあそこに並んでいたよ」と笑う。そしてもう一度頭を撫でてくれた。

なだらかな坂を下った先にある商店街で母に頼まれていたレタスとトマトと食パンを買ったあと、父さんが肉屋の前で足を止める。

「父さん、おつかいはもう終わりだよ」

そう声を掛けたが、父さんは「ちょっと待っていなさい」と返して肉屋のおじさんと談笑を始める。閉じた傘からはまだ雨粒が垂れ、通りに敷き詰められたレンガの色を変える。

それをじっと見ていると横から突然茶色の袋が飛び出してきた。

「肉屋のコロッケは美味いぞ」

「……母さんが作ったものより？」

「む、それは答えにくいなぁ」

父は困ったようにそう言うと、大きく口をあけてコロッケにかぶりついた。それは答えてしまっているようなものではないだろうかと思ったが、追及はせず、父さんを真似て同じようにコロッケにかぶりつく。肉屋のコロッケは衣がサクサクしていて、ちゃんと肉の味がする。母さんのコロッケとはまた違う味だ。

「美味いだろう。母さんには秘密だぞ」

僕は熱々のコロッケと格闘しながら頷く。両腕に荷物があって邪魔だろうから、と僕の分の傘とビニール袋を父が持ってくれた。

夕方の商店街は雨でも活気があり、老若男女、様々な人々が通り過ぎていく。それを眺めながら僕はコロッケを平らげた。

　雨脚は更に弱まり、もう傘を差す必要はないかもしれない。けれどビニール傘越しの輪郭がぼやけた世界が好きなので、僕はビニール傘を受け取り、傘越しに父さんを見た。

「もう少し早い時間だったら虹が見えたかもなぁ」

　父さんの隣で見上げた空はいつの間にか灰色から茜色に変わっていた。空を覆っていた重苦しい雲たちはどうやら風で流されたらしい。絵の具では表せないような眩い赤が視界いっぱいに広がり思わず息をのんだ。赤い空から透明な雨粒がぱらぱらと降ってくる様は何とも不思議で、足を止めて見蕩れてしまう。

「聡、帰るぞ」

「うん」

　ビニール越しに見える夕焼け空と跳ねる雨粒はとても珍しく、僕は空ばかりを見て歩く。父さんが危ないぞと言って僕の腕を取った。

「父さん、不思議な空だよ。こんなに赤い空は初めて見たよ」

「もしかしたら明日は嵐かもな」

「明日も夕方に雨が降ったら迎えに行っていい？」

「じゃあその時は春巻きを食べようか。梅田さんとこの春巻きは絶品だぞ」

「今度は母さんにお土産買って行こうよ。きっと母さん喜ぶよ」

父さんがそうだなと頷いたとき、曲がり角の先に二階建ての赤い屋根の家が見えた。引っ越してきたばかりなのでまだ自分の家だという認識が薄く、毎回驚いてしまう。あの立派な家が僕らの家なのだ。

「前のマンションも友達が住んでいたから好きだったけど、でもやっぱり今の家が一番好きだな」

「そりゃあ頑張って建てた甲斐があるな」

父さんは満足そうに笑っていた。

僕の帰りが遅いのを心配したのか、母さんがまだ幼い妹を抱いて玄関先で待っていた。ビニール傘を畳み、母さんと妹に手を振りながら駆け出す。転ぶなよ、という父さんの声が背中に届く。

今日の夕ごはんは大好きなカレーで、デザートはプリンだ。学校のテストで満点を取ったことは夕ごはんのときに話そう。きっと父さんは喜んでくれる。今度の休みにキャッチボールがしたいっていうことも一緒に話そう。

楽しみなことがたくさんあって、何だかとても嬉しくなって、思わず空を見上げると一番星がきらきらと輝いていた。

6.

鹿島よりも早く犬童が家を出るようになってから、どれくらい経っただろうか。早朝の街へ繰り出した犬童はそのまま二駅先にある鶴川母子が住むアパートまで出向き、同じテーブルで朝食を食べたあと、仕事に出る朝子を見送り、ひかりと共に鹿島の家に戻るとひかりから聞いていた。鹿島が仕事を終えて帰宅すると今度は鹿島と犬童でひかりをアパートまで送っていく。

そのあとは犬童と二人で帰路につくが、その時間が今の鹿島にとっては苦痛以外の何ものでもなかった。以前であればひかりがいなくとも、会話には困らなかった。互いがどんな風に一日を過ごしているのか、何を考えているのか、他愛《たわい》もない話をして笑い合うことができた。しかし最近では会話もほとんどなく、鹿島の数歩先を歩く犬童の背中ばかり見ている。右肩に比べて左肩が少しだけ下がっている。長い脚を持て余しているのか、アスファルトに落ちているものがあれば必ず蹴り上げていた。鹿島の存在を無視しているのだろうかと思っていたが、鹿島が少し遅れると犬童は歩くスピードを緩めて待つ。それに気付いてからは鹿島の胸に巣食う不安は少しだけ和らいだ。

犬童は鹿島との接触をあからさまに避けていた。鹿島がわざとらしく肌に触れたりすると、手を払いはしないもののするりと逃げてしまう。犬童を自分に、この家に繋いでおくために身体を差し出したのに、その身体を犬童に突き返されているような状態だった。どうすれば以前のように戻れるのだろう。どうすれば、どうすれば、とぐるぐると考えているのに答えは見つかりそうにもなかった。ひとりで砂漠をさすらうような夜ばかりが過ぎていった。

ろくに口を開かなくなった犬童が、それでもまだこの家に留まってくれているという事実だけが心の拠《よ》り所《どころ》だった。名前を呼ばれなくても、触れられなくても、まだこの家に留まってくれる。それだけで十分だ、それ以上望まない。そうやって心を押し殺していたから、久しぶりに犬童から声を掛けられたときにすぐに反応することができなかった。

「明日話したいことあるんスけど」

犬童は鹿島の顔ではなく、足元を見ていた。鹿島が「分かった」と頷いて返すと、早くこの場から逃れたいとでもいうように、踵を返して二階へと上がっていく。

今、俺はどんな表情をしているのだろうか。

何を考えているのだろうか。

自分のことなのに分からないまま、鹿島は犬童が上がっていった階段をぼんやりと見つめていた。

日曜日だったのでひかりがこの家にくることはなく、室内はひっそりと妙に静まり返っていた。話したいことがあると言っていた犬童は、昼過ぎに家を出てからまだ帰らない。何時に戻るのかも分からなかった。

鹿島はというと、朝からずっとキッチンに立っていた。商店街の店舗が開店する時間に合わせて家を出て大量の食材を買い込んできた。自力で持って帰るのが難しく、タクシーを利用したのだが、運転手が大量の荷物を見て、「アンタ店でも始めるのか」と笑って聞いてきたくらいだった。

全ての調理を終えて後片付けをしていると、玄関のドアが躊躇いがちに開いた。足音で犬童が戻ってきたということは分かっていたけれど、彼を見たとき、違和感に思わず目を細めた。鹿島の視線の先にいたのは確かに犬童だった。けれど彼のトレードマークの金髪はそこにはなかった。金色は跡形もなく消え、鹿島の髪よりもずっと暗い髪色になった犬童がリビングの入り口で立ち止まっている。

「鹿島、さん」

小さなその声が聞こえなかったかのように、鹿島は唇の端を意図的に吊り上げた。

「はやく座りなよ。そろそろみんなが帰ってくるから」

犬童は何も言わず、ただダイニングテーブルを見ていた。テーブルの上には鹿島が朝から腕を振るった料理がずらりと並んでいる。

「すごいだろう？　久しぶりにこんなに作ったよ」

驚いている犬童に鹿島は微笑む。

「父さんは肉じゃがが好きなんだ。母さんみたいには作れなかったから今度習おうかと思うんだ。母さんは和食が得意だけど食べるならイタリアンが好きでさ、特にクリームパスタが好きなんだ。魚の香草焼きもよく食べていたから挑戦してみたんだけどちょっと出来が怪しいんだよなぁ。光《ひかり》は辛い物が好きだからレシピを見ながら麻婆豆腐を作ったんだけど、辛すぎて味が良く分からなくなってしまったからちょっと自信がなくてさ。あ、犬童はロールキャベツが好きだろう？　それも今ちょうど作り終わったからすぐ用意するよ」

テーブルを埋め尽くすのは家族が好きなメニューばかりだ。鹿島が心を込めて作った特別なものだ。

犬童は何も言わずテーブルにつき、ロールキャベツを食べ始めた。美味しいかと尋ねると小さく頷いてくれる。言葉は貰えなくても、それだけで十分だった。

ロールキャベツを半分ほど食べ進めた犬童は、向かいに座る鹿島をじっと見つめ、おそるおそるといった様子で口を開く。

「……鹿島さんの分はないんですか？」

「俺は作っているときに味見をたくさんしたから」

おどけたように肩を竦めてみせても犬童は眉ひとつ動かさない。横一文字に結ばれた唇がまた開くのが怖くて、彼が何かを口にする前に鹿島はみんな帰りが遅いな、と話題を変える。時計の針は鹿島の心音のように乱れることもなく、時を刻んでいく。長針が一周、二周しても玄関のドアは開かない。皿から昇っていた湯気はすべて消え、料理はすっかり冷めてしまった。

普段なら食事を終えると逃げるように二階に行ってしまう犬童が、テーブルに留まってくれることは嬉しい。しかし残りの椅子は空席のまま、ただ時間だけが過ぎていく。沈黙が重く、身体に纏わりつく。指先が震えて、爪がときどきテーブルの表面をひっかいた。じっとしていられず、立ち上がってキッチンへ移動する。犬童の視線が自分を追っているのが分かった。

「お茶を淹れるけど犬童も飲むか？」

急須《きゅうす》に湯を入れるためポットのロックを外そうとしたが、指に力が入らない。苦戦していると右手に鹿島の手が重ねられ、そして握り締められた。犬童の手の力強さに緊張が緩んでいく。でもどうして緊張していたのかまでは分からない。自分のことなのに、分からなかった。

「もう、いいっスよ」

鹿島の両手を犬童の手が覆い、温めてくれる。犬童が何を言っているのか、鹿島には分からなかった。それなのに突然目の前の犬童の顔がぼやけて見えなくなる。その理由が思いつかなくて怖い。

「鹿島さん、あの日から一度も泣いていないんスよね？　アンタは十分頑張ったからもう泣いていいんですよ」

犬童が目尻から頬に向かって指を動かしたときにようやく自分が泣いているのだと気が付いた。気付いてしまうと、もう止められなかった。

鹿島は犬童の腹に顔を押し付けて、しゃくりあげながら泣いた。その背中を犬童がゆったりとした手付きで撫でている。背中を往復する温度とリズムは涙を止めるためではなく、反対に涙を誘うためのものだった。嗚咽《おえつ》が漏れ、空気を吸おうと口を開いても上手くいかない。この状態では言葉を話すことはできないのに、唇は何度もごめんなさい、と繰り返し象っていた。

涙がようやく止まったときには瞼は腫れ上がり、頭は熱を持ってとても重かった。自分の身体を自分で支えることが難しくて、犬童に凭れかかってしまう。犬童のシャツは鹿島の涙を吸って、色を変えていた。濡れたシャツに頭を寄せているから妙に温くなっていて心地が悪い。それでも他に頼れるものはない。

「……アネモネの花を入れてあげればよかった。光は小さい頃からアネモネが好きだったから、最後も白菊じゃなくて光の好きなアネモネを詰めてあげればよかった。寒いのが嫌

いなのにまるで雪の中にいるみたいで、寒そうで、最後なのに、かわいそうだった。何にもできなかった。おれ、何にもできなかったんだ」

掠れた声は震えていて聞き取り辛くなっている。それでも犬童は聞き返したりはせず、何も言わずにそこにいてくれた。

声を出したら止まらなかった。ずっとなかったことにしていた記憶や感情が突然膨れ上がって暴れ出した。それは鹿島だけでなく、犬童をも傷付けようと暴れている。自分の中にこんな獣みたいな感情があったなんて、知らなかった。

「光が高校を卒業したから、そのお祝いに旅行を企画したんだ。俺は休みが取れなくて、だから父さんと母さんと光の三人で楽しんできてくれって旅行をプレゼントしたんだ。光はお土産を買ってくるって言ってくれて、父さんは写真を撮るぞって意気込んでいて、母さんは俺の心配をしていた。今度実家に戻ったら土産話を聞くはずだったんだ。でも、みんなが旅行に出たその日の昼頃に、突然見覚えのない番号から着信があって、高速道路で事故が起きたって。父さんと母さんは即死で、光はまだ生きているけど、でももう手遅れだって言うんだ。手の施《ほどこ》しようがなくて、俺に光を看取りにこいって。俺、信じられなくて、まだ信じられなくて、でも、本当はもう知っていて、ただどうしたらいいのか分からなくて……どうして俺が生きているのかも、分からないんだ」

棺桶《かんおけ》に詰められた白菊が眩しかった。車は全焼し、先に助け出された光は燃えずに済んだけれど、救出が遅れた父と母の身体はほとんど焼けてしまって顔すら分からなかった。何だかすべてが悪い夢みたいだった。悪夢なのにいつまで経っても醒めてくれなくて、ずっとなかったことのように思い込もうとしていたけれど、今もまだあの悪夢の中にいる。

「プレゼントのつもりだったんだ、それなのに、父さんも母さんも光も死んでしまった。大切な家族だったのに……なぁ、やっぱり、俺のせいだよな……俺が殺したんだよな」

震える手で犬童にしがみ付くと、犬童はその手を払うことなく抱き締めてくれた。犬童の身体は温かく、生きていることが伝わってくる。その温度に涙が溢れてくる。頭上から「鹿島さんのせいじゃないっス」という声が降ってくるとまた嗚咽が漏れた。

「アンタは大切な家族に喜んでほしくて旅行をプレゼントしただけっス。何も悪くない。鹿島さんが悪いはずはないんスよ。いいっスか。もう一度言います。アンタは何ひとつ悪くない。もしアンタが悪いって言う人がいたら教えてください。オレがぶん殴ってきます」

その力強い言葉に顔を上げると犬童がまっすぐな瞳で鹿島を見ていた。澱《よど》みのない清流のようなとても美しい眼だと思った。その瞳が、鹿島は悪くないと言ってくれている。犬童は本当にそう思っているのだ。

実際、お前のせいだと誰かに非難されたわけではなかった。葬式の間も周囲の人は気遣ってくれていたし、慰めてくれる人もいた。しかし鹿島自身が家族を殺したのは自分だと強く思い込んでいたからこそ、誰かに糾弾《きゅうだん》されたかったのだ。その方が楽になれると思っていた。しかし全てを知った犬童は、まっすぐな目で鹿島は悪くないと言った。

「アンタは今まで十分よくやりました。だからもう休んでいいんです。ゆっくり休んでいいんスよ。アンタって頑固なところがあるから、ずっと自分が悪いって思ってたんだろ？　そんなわけないのに、ずっと自分を責めていたんでしょ。そういうこと、もうしなくていいんスよ」

犬童の声は水のように心にじわりと染み込んでくる。鹿島は一年以上もの間、家族は自分のせいで死んだのだと自分を責め続けてきた。しかしもう自分を責めなくてもいいのかもしれない。そんなことを考えていると犬童が肯定するかのようにぎゅうぎゅうと抱き締めてくれる。犬童の言葉も、その腕の力強さも、なんだか子守歌みたいにひどく懐かしく優しかった。

「俺、仕事決まったんスよ。今日面接で、高卒認定試験に受かるのが条件なんですけど、でもオレを雇ってくれる人がいるんスよ。だから今度はオレががんばるんで、アンタはゆっくり休んでいいんスよ。大丈夫っス」

身体を離して顔を上げると犬童が鹿島の顔を覗き込んでいる。その髪はやはり黒くて、黒くなった理由が分かってほっとした。ほっとしたらまた涙が溢れてきてさすがに自分でも辟易する。それなのに犬童は飽きもせず鹿島の背中を撫でて「大丈夫っス」と繰り返す。その声を聞いていると、大丈夫になる日がくるのかもしれないと希望のような気持ちが浮かんだ。今はもうどこもかしこも痛くて痛くて死んでしまいそうだけれど、犬童の言う通り、大丈夫になるのかもしれない。今はまだ信じられないけれど、犬童が側にいてくれるならそんな未来もあり得るのかもしれない。

涙で滲んだ世界は醜く歪んでいるけれど、その歪んだ世界で犬童は鹿島の身体をしっかりと抱き締めてくれる。その温もりは犬童の瞳と同じくまっすぐに胸を刺す。温かさと痛みに死んでしまいそうだと思いながら鹿島は熱を持った重い瞼を閉じた。

7.

「さとくんが泣いてる」

そんな声が聞こえてきて瞼を開くと、ぼやけた視界の先でこちらを覗き込んでいる小さな顔があった。長い黒髪がカーテンのように垂れている。そっと手を伸ばすと小さな手が指を掴んで握り締めた。指先がじわりと温かくなる。あぁ、これは生きている。何となくそう思った。

「さとくん、起きるの？」

子供の問い掛けに答えようにも、声が出ない。いや、出せないのだ。そして身体が尋常じゃなく重い。実は今の今まで水中に潜っていて、水から上がってきたばかりなのではないだろうかと思うほどに身体が重く、上体を起こすのもままならない。数分かけて起き上がるといつの間にか隣に子供が座っていた。

「さとくん、おはよう」

そう微笑んだ子供がひかりだということを唐突に思い出して驚いた。どうしてひかりが隣にいるのか。今、この瞬間に繋がる記憶が抜け落ちている。それも多くの記憶だ。季節も曜日も時間さえも、何も分からない。いや、それだけでなく、自分自身さえあやふやだった。身体と空気の境目が分からない。身体がどこまでも膨張《ぼうちょう》していくような、それでいてどこまでも小さくなって潰されてしまいそうな、そんな感覚が肌を這うように移動していく。

「こわい夢みたの？　さとくん、泣いてたよ」

手の甲で頬を拭うと確かに濡れている。俺は今、怖い夢を見ていたのだろうか。怖かったのだろうか。自分の感情を探るように、胸に手を当てて考えてみる。しかし胸の中に恐怖は見当たらなかった。どちらかといえば懐かしさで胸が詰まるような、そんな感覚があった。

「ひかりが側にいるからね」

涙に濡れた手をひかりがぎゅっと握り締める。こんなに小さな手なのに、どこにそんな力があるのだろう。まるで心臓をこの手に掴まれたみたいだった。

「だいじょうぶよ。ひかりも、ママも、おばあちゃんも、ケンケンもいるから大丈夫なのよ」

歌うようなその声に、大丈夫なのか、と思う。どうやら俺は大丈夫らしい。よく分からないけど、ひかりがそう言うのならそれを信じよう。ありがとう、と伝えたいのにやっぱり声を出すことはできなくて、急激に襲ってくる眠気に抗えない。

「あら、さとくん、また寝ちゃう？　ひかりも一緒におひるねするね！」

布団に倒れ込むとすぐ隣で柔らかな髪が波を打っている。そっと触れ、指先を絡ませてみた。絹糸のような髪はすぐに解ける。窓から差し込む光がひかりの黒髪を時おり金色に見せた。金色は好きな色だ。でも、どうして金色が好きなんだっけ。その理由を必死に思い出そうとしているけれど、瞼の重さに逆らい続けることが難しく、次第に眠いということしか考えられなくなる。

眠くて、眠くて、死にそうだ。

「おやすみ、さとくん」

小さな手が頭を撫でたような気がする。もしかしたらひかりの手だったのかもしれない。眠りに落ちる寸前に、そんなことを考えた。

次に目を覚ましたときは頭の中が先ほどよりもクリアになっていた。時計の針を見て時間を把握することができたし、すぐ隣で静かにお人形遊びをしているひかりに声を掛けることもできた。声を発するにはやはり時間が掛かったけれど、それでも彼女の名前を呼んであげることができた。

「おばあちゃん、さとくん起きたよ！」

ひかりは嬉しそうにリビングに声をかける。すると襖が開いて初老の女性が顔を覗かせた。今は意識がはっきりしているので彼女が猪野だということにすぐに気付いた。白髪交じりだった髪は栗色になっていて、鹿島よりもずっと短く整えられている。

「喉が渇いているでしょう。お茶を淹れましたよ」

猪野は急須と湯呑《ゆのみ》を盆で運んできた。差し出された湯呑に口を付けたけど、匂いも味も良く分からない。猪野はお茶だと言っていたけれど、それが緑茶なのか烏龍《ウーロン》茶なのかも判断できなかった。

「少し顔色が良くなりましたね、食事にしましょうか。そろそろ犬童さんも戻られるはずですから」

猪野はすっと立ち上がると足早にリビングへ消えて行った。彼女は入院していたはずなのにどうしてここにいるのだろう。しばらくの間その理由を考えて、夏の終わり頃には彼女が退院していたことを思い出した。どうして忘れていたんだろう。窓の外へ視線を向けると赤い空には鱗雲《うろこぐも》が広がっていた。蝉の声ももう聞こえない。代わりにどこからか、虫の声が聞こえてくる。鹿島が気付かないうちに夏は去り、いつの間にか秋が深まっている。季節が移り変わっている。

玄関のドアが開く音がして、大きな声が聞こえてきた。犬童の声だ。ひかりが勢いよく立ち上がり、「ケンケンが帰ってきたよ」と鹿島の腕を引く。

「ほら、さとくんも行こう?」

ひかりに手を引かれて立ち上がる。歩くときにバランスを崩しそうになったが、ひかりにそんな失態は見せたくなくて、やせ我慢をして和室を出た。リビングは和室とは違って眩しく、思わず片腕で顔を覆ってしまった。蛍光灯の光を久しぶりに浴びたような気がする。

「鹿島さん、体調大丈夫っスか？」

慌てて駆け寄ってきた犬童が脇の下に腕を入れて身体を支えてくれた。犬童の髪は黒というより赤茶色に近い色だった。それを見ていると犬童がまるで心の中を覗いたように、

「こっちのが地毛なんスよ」と言った。

「鹿島さん毎回驚きすぎっスよ」

困ったように眉を寄せて笑う犬童を見て、知らない人みたいだとふと思った。子供みたいだった犬童は一体どこに行ってしまったのだろう。だって、今目の前にいるのはどこからどう見ても大人の、見たこともないような人だ。

「け、んどう」

自分の声がしゃがれていて、老人の声のように聞こえた。まさかあれから数十年経ったというわけじゃないよな、と慌てて自分の手のひらを眺める。指の関節には幾つか皺があるが、手の甲はまだつるりとしていて年月が刻まれているわけではなかった。季節はいつの間にか変わっているし、全く時間が経っていないわけではない。けれど十年二十年も過ぎているわけでもないみたいだ。

「手、どうしたんスか。怪我でもしたんスか？」

犬童が心配そうに手首を掴まえて引き寄せる。それから指先から手首までじっくりと確認して、「何にもないっスね」と笑った。犬童が鹿島の面倒を見ようとしている。まるで以前と逆の立場になったみたいで、落ち着かない。

「顔色いいっスね。着替えてくるんでメシにしましょ」

犬童はそう言うと階段を駆け上がっていく。その後ろ姿を見送って、犬童がスーツを着ていたことに気付いた。

「犬童がスーツを着ていた」

「もうすっかり似合うようになりましたね」

猪野は食事の準備をしていた手を止めて微笑んでいる。猪野の口ぶりからして、犬童がスーツに袖を通したのは今日が初めてというわけではないんだろう。犬童が毎日この家に帰ってきているのなら、何度も見たことがあったはずだ。それなのにどうしても思い出せない。

「鹿島さん、準備ができましたよ。こちらへどうぞ」

猪野が鹿島のために椅子を引いて待っている。待たせるわけにいかない、と慌てて駆け寄ろうとすると足が縺れて転びそうになった。何とか体勢を持ち直したけれど、恥ずかしくて顔を上げられない。

「鹿島さん、料理は逃げないんですから、ゆっくりでいいですよ」

ゆっくりでいい。

何の変哲《へんてつ》もないその言葉が、何故だかとても優しいものに思えた。寒い冬の朝の陽だまりのような、そんな温かさを覚えた。

「さとくん、どうしたの、どこか痛いの？」

脚にしがみ付いたひかりが心配そうに見上げている。あんまり必死なものだから、どうしたんだろうと思っていると彼女の頬に水滴がぽたりと落ちた。雨かと思ったがリビングに雨が降ってくるはずはない。驚いているとまたもや水滴が落ちた。もしかしてと思い、自分の頬に触れるとまた濡れていた。ひかりが心配している。だから泣き止まなければと思うのだけれどどうして涙が溢れているかも分からないのだから、どうすれば止まってくれるのかも分からない。

「涙腺《るいせん》が、故障しているみたいです」

猪野が差し出してくれたハンドタオルを受け取り、顔を埋めてそう答えた。

「人生のうちで何度か故障するものよ」

大人の男の涙を見ても狼狽えることなく、さらりとジョークを交えて気を配ることができるのは年の功だろう。彼女の気遣いは心地よく、泣いているというのに思わず笑みが漏れた。

「それは、困りました」

「そうですね。私も昔困ったことがあるんですよ。そうして年を重ねていくんです」

涙腺も頭も心も、全てが故障してしまったみたいだ。時間にも人にも取り残されて荒野にひとり立ち竦んでいるような不安な気持ちが、長い間足枷のように鹿島の重りになっていた気がする。猪野の言葉がその足枷を少し軽くしたのが分かった。いや、それだけじゃない。さっきひかりが握ってくれた手の温もりもそうだ。今まで何度も何度も救われてきたのだ。気付こうとしなかっただけで、犬童の存在にだって。

「え、何で鹿島さん泣いてんスか」

ドタドタと犬童が駆け寄ってきて両手を振り回す。身体を支えてくれたときは随分大人に感じたけれど、今の犬童は昔に戻ったみたいだ。大型犬が飼い主の周りを回っているみたいで何だか可愛い。

「犬童さん、大丈夫よ。こういうこと、たまにあるものよ」

心配して泣き出しそうなひかりと、狼狽えて何もできずにいる犬童を安心させるように猪野はまるで何でもないことのように笑った。その笑顔に犬童もようやく落ち着きを取り戻した。ひかりはまだ脚にしがみ付いていたが、鹿島の涙が止まったことに気付くと安堵したように笑顔を見せる。

猪野が用意していたのはみぞれ鍋だった。土鍋から白い湯気が上がり、微かに出汁《だし》の匂いがした。感覚がようやく戻ってきたのだろうか。

犬童はテーブルにつくなり、真っ先に鹿島の分をよそってくれた。白菜やほうれん草、しめじなどの下に鶏肉が大量に隠れている。

「犬童、これ、肉が多すぎないか」

「もうじき冬なんだから、体力つけなきゃだめっスよ」

「さとくん、お肉おいしいよ？」

犬童とひかりがじっと鹿島を見つめている。食べるかどうかを確かめるまで彼らが心配し続けると分かった鹿島は肉を口へと運んだ。一度噛めば鶏肉の甘みが口に広がる。かつお出汁にみぞれの旨みが溶け出していて、胃に優しい味がした。白菜もほうれん草も、どれもちゃんと味が分かったことに驚いた。最近はずっと、無味無臭の世界で生きていたから。

「おいしい、です」

白菜の上に水滴が落ちるのを見た。慌てて器をテーブルへと戻す。それでも涙は止まらず、ズボンの上に二滴目が落ちた。

「さとくん、さと、くん」

隣に座っているひかりが、つられてしゃくり上げた。大きな瞳から透明な涙が溢れては丸い頬を濡らしていく。

「あらあら、今日はみなさん泣き虫で困ったわ」

猪野がもう一度ハンドタオルを手渡してくれたが、それを受け取ったのは犬童だった。犬童は鹿島の隣に立ち、涙で濡れる頬をタオルで拭いてくれた。

しばらくすると仕事を終えた朝子が訪ねてきて五人で鍋を囲んだ。犬童が仕事の話をして、朝子がそれに相槌を打つ。ひかりは一生懸命食事をして、時々鹿島の様子を窺っていた。猪野もまた穏やかにその輪に加わり、まるで家族みたいな食卓だった。三度目の涙にはもうひかりも狼狽えずにハンドタオルを渡してくれる。朝子は何度も涙を零している鹿島を見て「感情の起伏が大きくなることはいいことだわ」と言っていた。確かに、これは回復の兆候のような気がする。しかし、突然の感情の揺れは疲れを伴う。食事を終えて帰途につく三人を見送ったあと、鹿島は風呂も入らずに和室の万年床《まんねんどこ》となっている敷布団の上に倒れ込んだ。

しばらく横になっていると、犬童がコップと薬を持ってやってきた。毎日飲んでいた白い錠剤を苦いと思ったのは初めてだった。錠剤の数が多いので結構な量の水を飲まなければならないのが苦しい。ようやく飲み終えてコップを置くと、犬童が「まだあるっスよ」と手のひらに更に五錠ものせた。

「薬、多くないか？」

「それは俺もずっと思ってるっス。これだけで腹いっぱいになりそー」

犬童の言う通り、薬を飲むための水で胃が限界だと訴えている。五錠を飲み終えたあとに苦しいと倒れ込んだ鹿島を犬童が何だか嬉しそうに見つめているので、何がそんなに楽しいのだと問えば、「反応があるってだけで嬉しいっス」という言葉が返ってきた。

「アンタは覚えていないかもしれないけど、人形みたいだったんスよ。だからこうやって話せるだけで十分っス」

心底嬉しそうにしている犬童を見ていると、何だか鼓動が激しくなり、顔が熱くなった気がした。犬童の手がゆっくりと近付き、頬に触れる。いつもは熱く感じるその手が何故だか心地よい。

「へへ、何だか顔色がいいっスね」

だらしない笑顔の犬童を見ていると何だか恥ずかしくなって隠れてしまいたくなる。それでも動かないのは、それ以上に彼を見ていたいからだった。

「……仕事は上手くいっているのか」

「小さい会社っスけど、社長が良い人なんスよ。まぁ、元ヤンなんで怒るとすげー怖いし、叱られてばっかりでときどき辞めたくなるんスけど……いや、冗談っスよ」

犬童の慌てぶりからすると、本心がうっかり漏れ出たんだろう。何せ、ろくに働いたことのない男がよりにもよって営業部に配属になったらしい。

「仕事の相談ならいつでものってやれるぞ。俺も前は営業だったんだ」

「絶対に嫌っス」

犬童は急に不機嫌になって手を離してしまった。

「どうしてそんなに嫌なんだよ」

そう尋ねると犬童は「だって」と鹿島を見た。

「俺が鹿島さんに頼られたいんスよ！」

そう強く言った犬童の顔が茹でたタコのように赤い。恥ずかしくなったのか、空になったコップを手にリビングへ戻っていく背中を見送って瞼を閉じる。今までは身体に砂を掛けられたかのように強制的に眠らされていたのに、今日はどこかいつもと違う。布団の中の温度が心地よくて意識を保つこともままならない。眠りに落ちる瞬間の多幸感を感じるのは随分と久しぶりで、嬉しいことのはずなのに何だか苦しかった。

夜中にふと目を覚ますと、隣にもう一式布団が用意されていて、そこに犬童が寝ていた。一人部屋を満喫していたはずなのに、どうしてこんなところで寝ているのだろうと不思議に思う。上体を起こし、腕を伸ばしてみると簡単に届いてしまった。

赤茶色の髪は思っていたよりも柔らかく、ひかりの髪質と似ている。そっと撫でてみると犬童の眉間の皺が消えて穏やかな寝顔になった。それが面白くて何度か撫でてみたが、そのうち彼を起こしてしまいそうで手を止める。

喉の渇きを感じたので和室を出てキッチンへと向かった。冷蔵庫に冷たい水があることは知っているが、面倒だったので水道水でコップを満たす。水を飲み干すと渇きはすぐに消えたが、何だか布団に戻る気になれず、そのままキッチンカウンターからリビングを眺めた。

家の中は何も変わってはいなかった。ダイニングテーブルも、椅子の数も、多分食器の数だって何ひとつ変わっていない。この家は何も変わっていないのに、それなのに大切なものが確かに失われてしまった。この家に住んでいた父と母と妹が永遠に失われてしまった。その喪失感がこの家をのみ込もうとしているように見えたのは心の病気とやらのせいなのだろうか。暗い影があちらこちらに落ちていて、それらが鹿島を手招いているように見えるのだ。

「鹿島さん！」

大きな声で名前を呼ばれ、我に返るといつの間にか犬童が背後に立っている。腕を掴まれていることに気が付いて視線を落とすと、自分の手が包丁を握り締めていた。そんなつもりはなかったのに、いつの間にか包丁の刃を左腕にあてている。

「え、あ、おれ、なんで」

記憶が抜け落ちていて、自分の行動の前後が思い出せない。動転して犬童の名前さえ呼べなかったのに、犬童は落ち着き払った態度で鹿島の手から包丁を奪い引き出しへと戻した。

「大丈夫っスよ。ほら、どこも怪我してないっしょ？」

犬童の言う通り、鹿島の腕は無傷だった。けれどそれは鹿島が傷を付ける前に犬童が気付いてくれたからだ。彼が止めてくれたからだ。

「ほら、もう寝ましょう」

犬童はまだ動転している鹿島の腕を取り、和室へと連れ戻す。すっかり冷たくなった布団に入ると、背後から犬童が抱き締めてきた。瞼を閉じるように言われて素直に従う。犬童はもう大丈夫だと言った。

鹿島の心臓はまだ興奮しているのに、犬童は妙に落ち着いていた。固く握り締めた手から包丁を奪うことも、混乱している鹿島を和室へと連れ戻すことも、何度も経験したかのように淀みなく対応した。もしかしたら、鹿島が覚えていないだけで何度も同じことを繰り返しているのかもしれない。不安定な鹿島から目を離さないように、夜も和室で見張っているのかもしれない。全ては憶測《おくそく》に過ぎないけれど、犬童がベッドではなく、畳の上で寝ている理由なんてそれくらいしか思い当たらなかった。

「犬童、ごめん」

どうせ俺はすぐに忘れてしまう。そしてきっと同じ夜を繰り返す。

そう思うと謝らずにはいられなかった。犬童はそれすら慣れているのか、動かない鹿島の身体をもう一度強く抱き締めて、「おやすみなさい」と囁いた。

❖

瞼越しに朝の陽ざしを感じた。世界が明るくなり、室温が上がる。陽だまりの中でうつらうつらと夢と現実の間を彷徨っていると目覚まし時計が鳴り響いた。布団の中から両手を伸ばし、けたたましく鳴る音を止めたあと、もう一度布団の中へと潜る。どうして起きなければならないのかをもう思い出せなかった。

「ママ！　さとくんがまだ寝てるー」

明るい声が降ってきて、ふわり鼻先にとまった。小さな手が額にあてられ、それから「お熱はないかしら」なんて続くものだから眠気が遠ざかり笑いが込み上げる。瞼を開くと黒髪がレースのカーテンのように天から降りてきて鼻先に触れた。

「さとくん、おきて！　今日はお花見なのよ」

ひかりは布団の端を掴み、とうとう鹿島の身体から引き剥がしてしまった。陽の光は暖かいが、朝の空気は冷たくて思わず身震いしてしまう。

「わ、分かった。ひかりちゃん、起きるから」

上体を起こすとひかりが背中に飛びついてくる。また体重が増えたような気がする。背もいつの間にか随分と伸びた。そういえば、お気に入りだったスカートの丈が短くなってしまってもう穿けないと泣き喚いていたこともあった。

「あれ、そのワンピース……」

　白のニットワンピースのサイドには淡いピンク色のリボンがゆるく結ばれていて、その隙間からピンクのスカートが見えた。それは短くなってもう穿けなくなったはずのスカートだった。

「おばあちゃんが直してくれたの！　かわいいでしょ？」

　背中から離れたひかりが目の前でくるりと回転すると隙間から見えるスカートがサイドのリボンと一緒に揺れる。

「似合っているよ」

「でしょ！　リボンはね、さくら色なの！」

　ひかりの機嫌は良くなり、リビングに駆けて行った。リビングからは天気予報を伝えるアナウンサーの声と、朝子とひかりの笑い声が聞こえてきた。和室の窓からは温かな光が差し込み、畳は温かかった。穏やかな春の朝。こんな時間が自分の人生に訪れるなんて、想像もしていなかった。

　以前は甚平を寝間着にしていたが、冬になると寒さが堪えたので犬童と揃いのスウェットを買ってパジャマにしていた。青色のスウェットを脱ぎ、ジョガーパンツに穿き替え、ストライプシャツの上からニットに袖を通す。桜の木は、この町を見下ろす小高い丘に続くなだらかな坂道の沿道に植えられている。もしかしたら風が強いかも知れない。マフラーを持っていくべきだろうか。鹿島は箪笥の中から黒と白のマフラーを二本取り出した。犬童にも必要かもしれない。

ひかりはリビングのソファに転がっていた。スカートのリボンが解けかかっていたので結び直してやった。キッチンでは朝子がコーヒーを淹れている。香ばしい匂いが鼻腔《びこう》をくすぐり、脳に朝だと告げる。朝の光のようなゆっくりとした覚醒ではなく、脳に直接エネルギーを送り込まれるような、そんな目覚めだ。

「コーヒー飲んだら出ましょう。犬童さんは朝から友達と場所取りしているんですって」

朝子はひかりにオレンジジュースを差し出し、ふたり分のカップを持ってダイニングテーブルへとやってきた。三人で桜前線の最新情報を見終わったあと、カップを片付けて家を出た。アスファルトの上をひかりは軽やかに跳ねる。おろしたての桜色の靴を自慢げに見せびらかし、朝子に注意をされながらも笑顔を崩さなかった。

等間隔に並んだ桜の木は風が吹く度に枝を揺らし、薄桃色の花びらが空を覆うように舞った。ひかりが嬉しそうにはしゃぎ声を上げている。沿道にはブルーシートが幾つも敷かれ、人々が飲み物を片手に空を見上げていた。これほど多くの人がいる空間を訪れたのは随分と久しぶりだった。少し怖くなったが、桜の花びらがその恐怖心を塗り替えていった。

「鹿島さん！」

声がした方向へ顔を向けると、辺りで一番大きな桜の木の下で犬童とその友人たちが手を振っていた。以前コンビニで会話をした三人組の若者が犬童の友人だと知った時は驚いたが、明るく気のいい青年たちだ。今では週末に家にやってきて、犬童と一緒に料理に挑戦したりしている。犬童に友人がいることを今の鹿島は素直に喜ぶことができた。

金髪ではなくなったとはいえ、犬童はやはり目立つ人間で、周辺で場所取りをしている人たちの視線を集めている。恥ずかしいな、と思っていると鹿島の手を握っているひかりが「ケンケンって金色じゃなくても目立つのね」と大人びた感想を口にしたものだから、鹿島も朝子も思わず顔を見合わせて笑ってしまった。

花見をしたのは久しぶりだった。ブルーシートの上に腰を落ち着け、猪野と朝子が朝から用意してくれたという弁当を食べながら桜を見上げる。焼きたらこと大葉のおにぎりは白ごまが振りかけられていて、コンビニのおにぎりでは味わえない香ばしさがある。犬童はベーコンとアスパラの焼きおにぎりをほおばっている。おにぎりは全部で三種類あり、おかずは唐揚げとブロッコリーの炒め物、マッシュポテトやプチトマトのサラダなどが大きな弁当箱に入っている。もうひとつの弁当箱には桜餅やどらやきなどのお菓子が詰められていた。

紙コップに舞い落ちる花びらがとても美しい。少し冷たい風が首筋を撫でると寒さを覚えたが、それでも陽の光が当たる部分はとても温かくて、思わず瞼を閉じそうになる。すぐ近くの桜の枝に鳥が数羽とまっている。ちょっと離れた場所でカラスが餌を探して地面を跳ねている。それを見てひかりが笑い声を上げ、その姿が陽射しのようにキラキラと輝いて見えた。

食事を終え、デザートの前に散歩でもしようかと腰を上げると、ひかりが一緒に行くと言ってくれた。犬童は朝子と近くの販売機まで飲み物を買いに出ていたので猪野に留守を任せて坂道を上り始める。モンシロチョウが肩にとまるとひかりが羨ましがって唇を尖らせたのが可愛くて、そして少し困った。

桜並木を見上げながら、ゆっくりと丘へ上っていく。しあわせの丘と名付けられたそのなだらかな丘陵《きゅうりょう》からは鹿島たちが暮らす街を一望することができる。タイミング良くベンチが空いたのでひかりとふたり並んで街を見下ろした。

「さとくん、さとくんのおうちも見えるかな？」

「どうだろう。あ、でもほら、電車が見えるからあの辺りが商店街だよ」

ひかりがきゃあ、と声を上げてさとくんのおうちを探すと息巻く。商店街辺りは景観を統一しているので分かりやすいが、個人宅となると探すのは難しい。あと五分もしないうちに音を上げるだろう。

視界を蝶《ちょう》が過っていく。水色の空はどこまでも続き、春の柔らかな日差しが街に降り注いでいる。

「さとくん、これ、なんて読むの？」

立ち上がり、丘の名前を記した看板の前に移動したひかりが首を傾げた。しあわせの丘と読むのだと教えると、彼女は更に首を傾げて「しあわせのおか、どういう意味？」と訊いてきた。その的確な答えを鹿島は持っていない。それでも、今この瞬間なら、その意味が少し分かるような気がした。

「ひかりちゃんは今しあわせ？」

鹿島の問いにひかりは間髪容れずに満面の笑みで頷く。そのまっすぐさが鹿島は眩しくて仕方がない。

「あそこにひかりちゃんの暮らしている町があるんだよ」

鹿島はひかりを抱き上げて町を見下ろす。ひかりは大きな瞳を見開き、どこまでも続く世界を見つめている。彼女の小さな口から感嘆の息が漏れ、それからさとくん、と鹿島を見つめた。

「しあわせがみえるおかってことだね」

ひかりは何が嬉しいのか、鹿島の首に両腕を回し、きゃあきゃあと声を上げている。二人でぼんやり町を見下ろしていると、後方から犬童の声が聞こえた。振り返ると黒いマフラーを首に巻いた犬童が、鹿島が置いてきた白いマフラーを手に駆けてくる。ゆっくり歩いてくればいいのに、傍らにやってきた犬童は軽く息を整えて「探したっス」と言った。

「まだ風は冷たいんですから」

鹿島がひかりを下ろすと、犬童が鹿島の首に白いマフラーを巻いてくれる。自分で巻けるのだが、犬童は最近鹿島を甘やかすことが好きなのだ。

「飲み物買ってきたから戻りましょー」

犬童はひかりの右手を自然に取って歩き出したが、少し離れたところで立ち止まり鹿島を待つ。春の陽気みたいに穏やかな表情をした犬童と、彼の隣で鹿島を見つめているひかりを眺めていると、あぁ、これがしあわせってことなのかもしれないと思った。

『しあわせがみえるおか』

ひかりの言ったその言葉が胸の中で蘇る。胸が苦しくなり、すっぱいものを食べたときのように喉の奥がきゅうと狭くなった。我慢しなければ涙が溢れていただろう。

「さとくん、はやく！」

小さな身体を全て使って大きく手を振っているひかりに「今行く」と答えて歩き出す。

調子を崩してからは全てに現実感がなく、モニターの映像を眺めているような感覚があった。歩いている時も雲の上を歩いているような心地がしていた。けれど今は違う。靴の裏にアスファルトの固さを感じる。一度は諦めていた自分の人生を自分の足で再び歩き出せたような気がした。

いつもと同じように犬童が隣で寝ている。ベッドがいいと言っていたのに、もう何ヵ月も和室で一緒に寝てくれているのだ。満月だからか、障子《しょうじ》の外が明るい。犬童の髪も月の光のせいで今だけ金色に見える。

「犬童」

大きな背中をじっと見つめて声を掛けると犬童が振り返って目を細めたのが分かった。優しい瞳をしている。昼間も思ったのだが、彼の瞳はあまりにも優しい。そんな目で見つめられるとどうしていいのか分からなくなる。

「犬童がいてくれてよかった」

それは自分の心の中に溢れている言葉だった。眠ったように日々を過ごす間も側に寄り添ってくれた犬童の存在は、鹿島にとってなくてはならないものに変わっていた。

「ずっと死にたいって思っていた。今でも時々思う。でも夜中にうなされて目が覚めたとき、隣で寝ているお前の寝顔を見ていると大丈夫だって思うんだ」

辛かった頃のことはもう覚えていない。自分の中で何かが音を立てて崩れたあと、しばらくは生きながら死んでいたように思う。それでも犬童が側にいてくれたから。一歩進んでは二歩戻るような鹿島のペースに合わせて隣で歩いてくれたから。時間をかけて少しずつ少しずつ生きることができるようになった。己の中で、世界とは違う速度で時が流れていた。止まっているかのように思えるほどゆっくりと流れる時間の中で、ぐちゃぐちゃになってしまった心を少しずつ、少しずつ整理できるようになった。

「あのときは分からなかった。でも今なら分かる。大分遅くなってしまったけど、俺もお前のことが好きだよ」

犬童が上体を起こし、息を潜めて鹿島の心を探っている。本心かどうか見極めようとしている犬童に手を伸ばすと、大きな手が応えるように重ねられた。

「犬童がまだ俺のことを好きでいてくれればいいんだけど」

首を傾げて尋ねると犬童が短く息を吸い込む音が聞こえた。手を握り締める力が強くなり、少しだけ痛い。

「おれは、鹿島さんが良くなったら離れようって、だって鹿島さん、家族が好きだったから結婚して子供つくって、家族を作った方がいいんじゃないかって、でも、おれ……」

鹿島は揺らいでいる犬童に四つん這いになって近付き、「おれは」と繰り返している唇を塞いだ。唇がわずかに触れる距離を保ったまま、ぼやけた視界の先にいる犬童を見つめる。互いの吐息が熱く顔にかかり、背筋が震えた。

「犬童、好きだよ」

そう言い終わると同時に今度は犬童から唇を重ねてきた。畳の上に倒れ込んだ鹿島の上に覆い被さった犬童はまだ不安そうな目をしている。「触って」と犬童の右手首を掴み、自らの肌へと手を這わせるよう導く。熱い手が触れるとそこからからだが溶け出すような心地がした。

はじめは触れるだけのキスだったが、次第に深くなり、互いに舌を絡めて擦り付けあった。唾液《だえき》が唇から溢れて顎をつたっていく。顔を離すと唾液の糸が伸び、やがて切れた。犬童は鹿島の首筋に顔を埋めてキスをしながらあっという間に衣服を脱がせていく。露わになった肌を余すところなく犬童の舌が這う。指先で触れられるのとは違った感触に肌が粟立ち、甘い声が漏れた。

首筋から鎖骨、胸、脇腹、腹部へと鹿島の舌がゆっくりと下りていく。息も絶え絶えにその様子を見ていると、犬童と視線が絡んだ。犬童は脚の間ですっかり濡れて勃ち上がった鹿島のペニスを、視線を逸らさないまま咥え込んだ。ねっとりとした柔らかなものがペニスに絡みつくと、鹿島は背を反らして喘ぐ。久しぶりに身体を襲った快楽はあまりにも強烈で息ができないほどだ。犬童の茶色の髪を力なく掴みながら快楽に涙を零した。

あっという間に吐精してしまった鹿島は、胸を上下させながら余韻《よいん》に浸っていた。もう少しだけ休憩したいと思ったが、すぐに犬童は鹿島の身体をひっくり返してしまう。四つん這いになるとあたたかなものが尻に垂れたので驚いて振り返ると、犬童が手のひらでローションを温めていた。

「冷たいのは嫌でしょ」

犬童のその優しさに頷き、ローションを纏った指が身体の中へと入り込む違和感に耐えた。犬童の指が自分の中に入っているのだと思うとどうにも堪らなくなり、すぐに乱れそうになる息を整える。背中に、肩に、口付けが降り注ぎ、甘く噛まれると、それ自体が媚薬のようで次第に頭がぼんやりとしてくる。

自分の下半身からぐちゅぐちゅという水音が聞こえてくるのが恥ずかしい。両耳を押さえてしまいたかったが、身体を支えるので精一杯でとてもそんなことはできなかった。太い指がとある一点に触れたとき、自分のものとは思えない声が唇から飛び出た。発情期の猫のような、誘うような声。驚いて振り返ると鹿島と同じく驚いていた犬童が目を細めた。薄い唇が「みつけた」と動く。何を、と問う前にまた同じ場所に触れられ、声が抑えられなかった。

「あ、あっ……けん、どぉ、そこ、やめ」

腕や太腿が震えていて力が入らない。とうとう畳の上に崩れ落ち、尻だけを高く上げる格好になってしまった。同じ場所を何度も攻め立てられ、わけが分からなくなる。垂れた涎が畳に染み込んでいく。ふと視線を上げると、障子を透かして入り込んだ月明かりが鹿島の爪の辺りを照らしていた。その光に縋るように爪を立てたとき、体中が震えるような快感に悲鳴のような声が上がった。

　はっはっ、と犬のように呼吸をしながら自分の下半身を見ると、犬童のシーツの上に半透明の精液が飛び散っている。

「二回目っスね」

　耳元で聞こえたその声にさえ感じ入ってしまうと犬童が髪にキスを落としてくれた。

　我慢を強いられていたのだから急ぎたいだろうに、犬童はゆっくりとした動きで己を鹿島の中へと埋めていく。息を逃がすときに力も抜く。最初抱かれたときはどうすればいいのか分からなかったのに、今では自然と力を抜くことができた。犬童を受け入れる準備が出来上がったみたいだった。

「……う、ぁっ、んぁ、ああっ」

　太い部分が入った勢いで奥まで突かれ身体を開かれる。自分でも知らないような場所を犬童が暴いていく。

「全部入ったっスよ」

　犬童の下生えが肌に触れるくらい根元まで咥え込み、身を震わせる。身体が少しずつ犬童に合うように変化していく。犬童のための身体に変わっていく。

「はぁっ、も、動いていいっスか」

　慣れるまでじっと待っていてくれた犬童が、もう我慢ができないという風に動き始めた。

はじめはゆっくりとした単調な動きだったが、それが少しずつ変わっていく。浅い場所にある弱い部分を狙ったように突かれると気持ちが良すぎてもうだめだった。頭を振り、畳に爪を立てたまま自ら腰を振っていた。きっと犬童に何をされたって感じてしまう。そんな予感と期待が綯い交ぜになった胸は、炎に焼かれたかのように熱い。

突然犬童が動きを止めたので、鹿島は驚いて振り返った。犬童は荒い息を吐きながらも鹿島の中から硬いままのペニスを引き抜いた。どうしたのだろうと思って声を掛けようとしたが、舌が上手く動いてくれず、「けん、どぉ」とまるで縋るような声になってしまった。

「顔が見たい」

フライパンの上のベーコンみたいに簡単にひっくり返され、世界がくるりと反転した。犬童の手が鹿島の膝裏を掴み、一昔前の携帯電話みたいに折りたたまれる。そして身体の奥まで一気に貫かれた。声を上げることもできず、目の前にいる犬童の髪がまた金髪に戻ったように見えた。光が瞬き、そしてその後に衝撃がきた。

畳に押さえ付けられたまま何度も何度も奥まで貫かれる。男が感じるのは浅い部分にある前立腺の筈なのに、そこを突かれるより気持ちがよかった。じわりと股間が濡れる感触がして、自分がまた達したのだと気付く。そして次の瞬間にはまた小さく果てている。気持ちが良すぎて怖かった。助けを求める相手は目の前にいる犬童だけで、鹿島は必死に犬童へと手を伸ばす。それに気付いた犬童は腰を止めると鹿島をしっかりと抱き締めた。

「……聡さん」

興奮を隠さない、それでもとびっきり甘い声に心がとろけていく。自分の身体が形を保っていられず、溶けてしまったような気さえした。

こんな風に身体の奥まで、心の奥まで他人に触れられたことはない。名前を呼ばれるだけで泣けてくるような感情は知らない。自分より年下の、どうしようもない男が全部教えてくれたのだ。

「すき」

思いどおりにならない身体を必死に操って、鹿島は犬童にそう伝える。すると中のものがまた大きくなった気がした。これ以上は怖い。思わず身体を強張らせると、犬童のキスがまたその緊張を解いていく。犬童が今までで一番深い場所まで突き入れ、そこで熱が弾けたのが分かった。じわりじわりと温かなものが心にまで沁みるようだった。

鹿島の中で達したあと、犬童は両腕で背後から鹿島の身体をしっかりと抱き込んで離そうとはしなかった。首筋にキスをしたり、舌を這わせたりして余韻を楽しんだあと、子供みたいな舌ったらずな声で「おれも好きっス」と返してくれる。顔が見たいと言っても却下され、しばらく押し問答が続いたあとにようやく犬童が腕の力を緩めて鹿島が動くことを許した。向い合い、額を合わせると犬童の目から透明な涙が落ちるのが見えた。宝物のようなそれをあわてて指先ですくう。

「犬童、これからもここにいてくれるか？」

犬童の手を握り締めながら尋ねると、犬童が鼻をスンと鳴らして「もちろん」と答えた。

「ずっと、聡さんの側にいます。俺にもあなたしかいないんですよ」

その言葉に思わず涙を零すと、犬童もまたぽろぽろと涙を零して「見ないでください」と鹿島を強く抱き締めた。

❖

ちょうど仕事の区切りがついたとき、家の前の通りを子供たちが笑いながら走り去っていった。つい数ヶ月まではこの声がまるで聞こえなかったのだから本当に不思議だ。

パソコンを休止状態にしたあと、冷蔵庫から緑茶と水ようかんを取り出してリビングのソファに向かう。だがふと視線を向けた先に畳を照らす陽だまりがあった。それに誘われるように和室に移動し、陽だまりの中に倒れ込む。あたたかな日差しが肌を撫で、じわりと身体が解けだしたように感じた。目を閉じていても瞼を透かして光が見える。眩しい光の中にふと犬童の姿が浮かび上がり、思わず変な声を上げてしまった。出会った頃は金髪にしていたせいなのか、この頃は明るい光を見ると彼を思い出す。同じ家に暮らしているから忘れることなんてないのに、ふとした瞬間に犬童のことで胸がいっぱいになる。

両親と妹が亡くなったときはとくに休みも取らずに仕事に出ていた。進めていたプロジェクトに問題があり、それを解決しなくてはならなかったせいもある。けれど本当のところは家族の死を受け入れられなかったからだと思う。日常生活を続けているうちはそれらを考えずに済んだ。だから生きてこれたのだ。しかしだからといってずっと目を背け続けることはできなくて、結局のところ一年間社会から離れてしまった。しかしそれでよかったのだと今は思う。犬童がいてくれたからどん底にいる間も生きてこられたのだ。あんなに苦しかったというのに、こんな陽だまりの中までくることができた。

ふと瞼を開いたときには、自分の上に落ちていたはずの光が移動していた。慌てて時計を見るとあれから一時間も経過していた。水ようかんはすっかり温《ぬる》くなっていて、緑茶のグラスは汗をかいている。水ようかんを食べる時間もなく、すぐに仕事に戻った。

営業職から総務などのバックオフィス業務に異動の辞令が下ったのは両親と妹が亡くなって半年後だった。今思えば、家族を失ってしまった鹿島の様子を見兼ねた上司が人事部へ打診してくれたのだろう。営業職とは違い、バックオフィス業務は会社に足を運ばずとも、ネット環境さえ整っていれば九割の仕事ができる。時短とリモートでの業務は社会復帰するための一歩としてはとても理に適っており、部署を異動していたおかげで今回のような復帰の仕方ができた。

仕事が終わるとすぐに夕飯の買い出しへと出る。商店街の八百屋でキャベツを特売していたので犬童の好物であるロールキャベツを作ると決め、必要な食材を買い揃えて帰宅した。

料理は得意かと問われれば返答に困るが、好きか嫌いかで聞かれたら好きだと答える。効率のいい手順を考えて動いている間は料理以外のことを忘れていられるからだ。ロールキャベツはコンソメで味付けをして、海老とブロッコリーのサラダとコーンポタージュも作り終えると、いいタイミングで犬童からＬＩＮＥのメッセージが届いた。夕飯のメニューを伝えるとすぐに電話がかかってきて犬童の明るい声が耳に届く。聡さん、と呼ばれることにまだ慣れず、呼ばれる度にくすぐったくて恥ずかしい。

今日は飲み会があるらしいが、「飲み会は次でいいっスか」と近くにいる先輩や上司に犬童が話しているのが聞こえた。豪快な人だという社長の笑い声のあとに「家に帰ってやれ」という声も聞こえた。周りに恵まれていると彼が言うようになったとき、鹿島は自分のことのように嬉しくなったのを覚えている。きっともう犬童は大丈夫だと思えた。

「犬童、明日空いているか？」

「どうしたんスか？」

「その、もし空いているなら墓参りに付き合って欲しいと思って」

何でもない風に言いたかったけれど、やっぱり声が震えてしまった。けれど犬童は気付かないふりをしてくれる。そういう優しさを彼ははじめから持ち合わせていたから。

「じゃあアネモネの花を買わなきゃっスね」

犬童の声があまりに優しかったから、すぐには返事ができなかった。妹の好きな花の話を覚えていてくれるなんて思ってもみなかった。たまねぎを切ったときのように目元がじいんと熱くなって、鼻の奥がツンと痛んだ。泣いていることを犬童に気付かれたら心配させてしまう。だからわざと明るい声で猪野から小包と手紙が届いたことを知らせた。小包の中身はまだ確認していないが、アメリカに住んでいる娘夫婦と孫に挟まれて、笑顔を見せている写真が手紙に同封されていたことを伝えると、犬童は自分のことのように喜んだ。猪野が娘との関係を修復するためにアメリカに渡ってからひと月半、どうやら順調にいっているようだ。

「小包は犬童が戻ったら一緒に開けよう。ひかりちゃんがきたら一緒に駅まで迎えに行くよ」

犬童は迎えは要らないと言っていたが、早く顔が見たいのだと伝えると三秒黙ったあとに走って帰るからと答えた。

犬童との通話を終えて三十分もしない内に、インターホンが鳴り、玄関先からひかりの明るい声が聞こえてきた。見なくても誰が訪ねてきたかすぐに分かる。ドアを開くとスーツに身を包んだ朝子が開口一番に「顔色がいいわね」と言って笑った。

ひかりが靴を脱ぎ、リビングへと駆け出すのを見届けたあと、朝子は大きなトートバッグを鹿島に手渡した。バッグにはひかりの着替えなどのお泊りセットが入っている。朝子はトートバッグの他にもキャリーバッグをひとつ身体の横に置いていた。

「出張先は九州でしたっけ？」

「そうなの。同僚がぎっくり腰になったから私が代わりに行かなきゃいけなくなってしまって。いつも突然で鹿島くんには申し訳ないわ」

「鶴川先輩が活躍しているのが俺はとても嬉しいんですよ」

朝子は春先にビル清掃から営業職へ転職した。鹿島の勤め先の人事部にいた知人が朝子の事情を聞き、知り合いの会社へ紹介してくれたのだ。今では経験を買われ、主任として奮闘しているようで、以前よりずっと自信に満ち溢れていて美しい。彼女が活躍する場所に巡り合えたことが鹿島は本当に嬉しかった。

「ママ、しゅちょーいってらっしゃい」

玄関先でタクシーに乗り込む朝子を見送ったあと、鹿島とひかりは駅に犬童を迎えに行く。

商店街は人と笑顔で溢れていて騒がしい。けれどそれは嫌な騒がしさではなかった。客を呼び込む店員の声、足を止めて笑い合っている女性達の声、通りを駆け抜ける子供の笑い声。それらは全て温かくて、心を落ち着かせる。駅で合流した犬童がひかりのもう片方の手を取り、三人で商店街を歩いていると、ひかりが「この時間が好き！」と打ち明けた。

ひかりは夕暮れの活気ある商店街が好きだという。この時間特有の賑わいが楽しくてワクワクするらしい。

しかし犬童はひかりに同意はせず、「俺はこの時間が大嫌いだった」と苦い顔で返した。ひかりは驚いたようにその理由を尋ねる。鹿島もまた犬童の答えに興味があった。犬童はしばらく考えてから「仲間外れにされた気分になる」と答える。それは犬童の家庭環境を顧みれば仕方のないことなのかもしれない。

「けど」

「けど？」

ひかりが続きを促すと、犬童は「今は好きかも」とひかりを見つめて答えた。

一緒に暮らしていた頃はあれほど喧嘩をしていたというのに、犬童とひかりはすっかり仲良しで、鹿島は時々置いて行かれることがあるくらいだ。この日も二人の間には入れないと思っていると、犬童が視線をこちらへ向けて「聡さんは？」と尋ねる。ひかりも答えをじっと待っている。

この商店街には数えきれないほどの思い出がある。雨が降った日は父を駅まで迎えに行ったし、学校が終わると母のおつかいで八百屋や肉屋へ通ったものだ。こどもの頃の記憶を辿ると夕暮れの商店街に行き着くことも多い。幸せな思い出がたくさん詰まっている場所だからこそ、家族を失ってからは無意識に避けるようになっていた。家族の死を受け入れられず、家族が少しの間遠くに行っているだけだと信じ込もうとしていたときも、ひとりのときは商店街ではなく、ひとつ中にある路地を選ぶようになり、いつの間にか足が遠退いていた。

しかしそのおかげで路地裏で倒れている犬童と出会い、ひかりと出会い、またこうして夕暮れの商店街を歩くことができるようになった。それを偶然と呼ぶ人もいるだろう。だが鹿島は偶然という言葉ではとても片付けられなかった。これを奇跡と呼ばずして、何を奇跡と呼ぶのだろう。

「俺も好きだよ」

穏やかな夕暮れの家路。何度も歩いたその道を鹿島は今、心から大切に思っている犬童とひかりとともに歩いている。

■あとがき■

はじめまして。天瀬いつかです。この度は『アネモネと嘘』をお手に取って下さり、誠にありがとうございます。

『アネモネと嘘』は私のはじめてのオリジナル作品になります。

本作の中では災難を多く書きました。鹿島の身に起きた不幸も、犬童の生い立ちも、彼らではどうすることもできなかったことです。悪夢から抜け出せないでいる鹿島にとって、犬童に出会ったことが暗闇の中に射す一筋の希望になりますように、と願いながら書いていました。そして犬童にとっても鹿島との出会いが彼を奮い立たせるものになるようにと願って書きました。生い立ちも、年齢も、性格も全く違う二人をひかりちゃんが結び付け、この結末にまで運んでくれたように思います。

オリジナルの話を書くこともはじめてでしたが、文章の構成、表現方法などを指摘して頂くのもはじめての経験でした。世の中に出ている商業の小説はとても細かいところまで配慮されているのだな、と大変驚きました。それと同時に、誰が読んでも分かりやすい文章というのは細部にまで気を配ってはじめて成立するものだと知り、文章に対する考え方が変わりました。このような機会を頂けたことは、私の財産になると思います。

お世話になりましたお二人の担当様には遅筆でご迷惑をおかけいたしました。不安な点があるときは相談にのって頂いたり、最後の最後まで寄り添ってくださったことに感謝しています。

イラストのビリー・バリバリー先生にもこの場を借りて感謝申し上げます。ビリー・バリバリー先生の繊細で美しいイラストが鹿島と犬童とひかりの魅力を表現して下さり、先生のイラストにこのお話を彩って貰えることは本当に幸せなことでした。この一冊は私の宝物です。素敵なイラストを描いて頂き、ありがとうございます。

最後に、ここまで読んで下さった皆様に重ねて御礼申し上げます。鹿島と犬童とひかりちゃんの物語を、少しでも楽しんで頂ければ幸いです。

初出
「アネモネと嘘」書き下ろし

CHOCOLAT
BUNKO

この本を読んでのご意見、ご感想をお寄せ下さい。
作者への手紙もお待ちしております。

あて先
〒171-0014東京都豊島区池袋2-41-6
第一シャンポールビル 7階
(株)心交社　ショコラ編集部

アネモネと嘘

2018年4月30日　第1刷

著　者:天瀬いつか
発行者:林 高弘
発行所:株式会社　心交社
〒171-0014　東京都豊島区池袋2-41-6
第一シャンポールビル 7階
(編集)03-3980-6337 (営業)03-3959-6169
http://www.chocolat_novels.com/
印刷所:図書印刷 株式会社